Christian um
Okt 79

Zu diesem Buch

Das hier vorgelegte Werk wurde 1959 unter dem Titel «The Misfits» zum erstenmal veröffentlicht. Es stellt eine neue Gattung der Literatur dar: die «Film-Erzählung». Es ist weder Roman noch Theaterstück oder Drehbuch, sondern es nutzt die Filmperspektive mit der unmittelbaren Eindruckskraft ihrer Bilder und zugleich die reflektierende Intensität des geschriebenen Wortes. Der Kamera wird gesagt, was sie sehen soll, und den Darstellern, was sie zu sprechen haben. Diese Darsteller sind in dem Film, den John Huston drehte, Marilyn Monroe, Montgomery Clift und, in der letzten Rolle vor seinem Tode, Clark Gable. Die Geschichte führt in den tiefen Westen Amerikas, in das Scheidungsparadies Reno und die Salzwüste der Umgebung. Roslyn, eine eben geschiedene, junge Frau, die sich jedoch nie jemandem zugehörig fühlte, schließt sich drei Cowboys an. Die drei, Gay, Guido und Perce, ziehen ein dürftiges, aber freies Außenseiterleben jedem Lohnempfängerdasein vor. Sie reiten beim Rodeo wilde Pferde und Stiere, und sie jagen mit Flugzeug und Lastwagen Mustangs für Konservenfabriken. Roslyn schreckt die unbewußte Grausamkeit den Tieren gegenüber ab, und erst als Gay, den sie liebt, die Wildpferde wieder einfängt, die Perce ihr zuliebe befreite, begreift sie etwas von der einsamen Tapferkeit des Daseins dieser Männer, ohne es doch billigen zu können. Aus den Spannungen zwischen diesen vier Menschen, der kargen Größe der Landschaft und der verzweifelten Kraft der Kreatur schuf Miller eine ebenso erschütternde wie hochdramatische Erzählung, die er dem Andenken Clark Gables widmete.

Der am 17. Oktober 1915 in New York geborene Arthur Miller repräsentiert zusammen mit dem fast gleichaltrigen Tennessee Williams die zeitgenössische Dramatik Amerikas. Nach der Schulzeit ging Miller in Brooklyn ein Jahr lang den verschiedensten Berufen und Gelegenheitsarbeiten nach und legte sich Geld zurück, um die University of Michigan zu besuchen. Noch ehe er sein Studium beendet hatte, gewann er mit seinem ersten Stück, das er in vier Tagen schrieb, die Avery Hopwood-Auszeichnung für Dramatik und bald danach mit weiteren den Bureau of News Plays Prize sowie eine erneute Hopwood-Auszeichnung. Jahrelang schrieb er Hörspiele, arbeitete zwischendurch in einer Kartonagenfabrik und in den Docks von Brooklyn, ehe er in Hollywood Drehbücher schrieb. Sein erstes öffentlich aufgeführtes Stück «Der Mann, der das Glück gepachtet hatte» wurde 1944 nach sechs Vorstellungen abgesetzt. Den ersten großen Erfolg brachte ihm 1947 sein später verfilmtes Schauspiel «Alle meine Söhne», in dem er Ibsens dramaturgische Entlarvungstechnik auf den Fall eines Kriegsgewinnlers anwendet, der durch Lieferung von minderwertigem Material für den Flugzeugbau den Tod vieler junger Männer verschuldet. Noch größeren Erfolg brachte ihm zwei Jahre später sein Stück «Der Tod des Handlungsreisenden», bei dem er technisch über Ibsen weit hinausgeht und sich in der Wahrhaftigkeit und Eindringlichkeit der Menschenschilderung als Meisterschüler des großen Norwegers erwies.

Neben Einaktern, wie dem bedeutenden «Ein Blick von der Brücke», entstand dann 1953 das Schauspiel «Hexenjagd», das in historischem Gewand das aktuelle Thema des Massenwahns und der Menschenverfolgung aufnimmt, ein Thema, das auch Millers bisher einziger Roman «Brennpunkt» (rororo Nr. 147) behandelt. Für seine dramatischen Arbeiten erhielt Arthur Miller 1949 den Pulitzer-Preis und 1959 die Goldmedaille für Bühnendichtung des National Institute of Arts and Letters. Seit 1964 erschienen drei weitere erfolgreiche Stücke: «Nach dem Sündenfall», «Zwischenfall in Vichy» und «Der Preis» (rororo Nr. 1152). Im Rowohlt Verlag erschien 1969 «Gesammelte Erzählungen».

ARTHUR MILLER

Nicht gesellschaftsfähig

[The Misfits]

rororo

ROWOHLT

Titel der amerikanischen Originalausgabe «The Misfits»
Übertragen ins Deutsche von Hugo Seinfeld
Umschlagentwurf Hans Hermann Hagedorn
Umschlag- und Tafelabbildungen aus dem gleichnamigen Film der United Artists Corporation

Gewidmet
CLARK GABLE
der nicht zu hassen wußte

1.– 35.	Tausend	Mai 1961
36.– 45.	Tausend	November 1961
46.– 55.	Tausend	Juni 1962
56.– 63.	Tausend	Mai 1963
64.– 70.	Tausend	Juni 1964
71.– 78.	Tausend	September 1965
79.– 83.	Tausend	Oktober 1966
84.– 90.	Tausend	Juli 1967
91.–100.	Tausend	August 1968
101.–105.	Tausend	Juni 1970
106.–112,5.	Tausend	Dezember 1971

Ungekürzte Ausgabe
Veröffentlicht im Rowohlt Taschenbuch Verlag GmbH, Reinbek bei Hamburg, Mai 1961

Gesetzt aus der Linotype-Cornelia
Gesamtherstellung Clausen & Bosse, Leck/Schleswig
Printed in Germany
ISBN 3 499 10446 6

ANMERKUNG DES VERFASSERS

Ein Blick auf «THE MISFITS» zeigt, daß es in einer ungewohnten Form geschrieben ist, weder Roman noch Bühnenstück oder Drehbuch. Vielleicht ist ein Wort der Erklärung angebracht. Die Geschichte wurde als Drehbuch entworfen, und jedes Wort ist dahingerichtet, der Kamera zu sagen, was zu sehen ist und den Schauspielern, was sie zu sagen haben. Trotzdem ist es jene Art von Erzählung, die der Telegrammstil, die schematische Art des Drehbuchschreibens nicht übermitteln kann, denn ihr Sinn hängt ebensosehr von den Schattierungen der Charaktere wie von der Handlung ab. Es wurde daher nötig, mehr zu tun, als nur anzuzeigen, was geschieht und durch Worte die Gefühlsbewegungen zu erzeugen, die der fertige Film besitzen sollte. Es war, als ob schon ein Bild existiere und der Schriftsteller seine volle Wirkung durch die Sprache auffrischen müsse, so daß sich schrittweise – als Resultat eines rein funktionellen Versuches, die Vision eines Films auch anderen sichtbar zu machen, eines Films, der zunächst nur im Geist des Schriftstellers existierte – eine Form der Dichtung gestaltete, wenn man will eine gemischte Form, aber doch eine, die, wie mir scheint, kraftvolle Möglichkeiten enthält, um das zeitgenössische Leben wiederzuspiegeln. Der Film, die verbreitetste Kunstform auf der Welt, hat nolens volens eine besondere Art, das Leben zu sehen, geschaffen. Seine schnellen Übergänge, sein plötzliches Zusammenbringen verschiedenartiger Bilder, sein Dokumentationseffekt, unvermeidlich bei der Photographie, seine sparende Erzählkunst und seine Konzentration auf stumme Handlung haben Roman und Drama durchdrungen – besonders letzteres –, ohne daß es eingestanden oder manchmal überhaupt bewußt erkannt wird. «THE MISFITS» benützen zugegebenermaßen die Perspektiven des Films, um eine Erzählform zu schaffen, die die nur ihm eigene Unmittelbarkeit des Bildes und die reflektiven Möglichkeiten des geschriebenen Wortes besitzt.

Arthur Miller

I

Über der Hauptstraße steht jahrein-jahraus ein stählerner Bogen, der eine Neonschrift trägt mit den Worten: «Willkommen in Reno, der größten kleinen Stadt der Welt.»

Es ist eine stille, kleine Stadt. Durch die Windschutzscheibe können wir etliche Häuserblocks weit sehen – fast bis zum Ende der Hauptstraße. In dieser Höhe erscheint dem Auge alles scharf umrissen, der Himmel ist wolkenlos, und der Morgenjazz, der vom Armaturenbrett her tönt, ist keß. Es ist eine saubere Stadt. Die großen Spielhallen sind modernistisch, stahlgrau, ihre Neonreklamen brennen bei hellichtem Tage. Die Verkehrsampel wechselt und unser Wagen fährt vorsichtig an. Aber einen Häuserblock weiter werden wir von einem Polizisten gestoppt, der vom Gehsteig her einen uns entgegenkommenden Lastwagen anhält und eine alte Dame langsam über die Straße führt. Sie geht in die würdige Bank- und Treuhandgesellschaft, neben der ein eleganter Damensalon liegt und ein Lokal, an dessen Fenstern das Wort «Würfel» in Goldlettern prangt. Manche Läden tragen die Aufschrift «Pferdewetten», einige «Kasino» und andere «Trauringe». Während wir warten, werden wir auf ein lautes Summen aufmerksam. Eine glitzernd erleuchtete Spielhalle sendet den summenden Lärm auf die Straße und wirft das Lichtzeichen «Jackpot» über den Gehsteig: «Haupttreffer» – dort drinnen hat irgend jemand den ganzen Einsatz gewonnen.

Der Polizist, der eine goldgerahmte Brille trägt, winkt uns weiterzufahren, doch da tritt eine Frau an unseren Wagen. Sie hat einen Säugling auf dem Arm und trägt einen Koffer.

Die Frau: «Geht's hier zum Gerichtsgebäude, Herr?»

Die Stimme des Fahrers: «Einen Häuserblock geradeaus und dann nach links, zwei Blocks weiter.»

Die Frau: «Besten Dank. Schreckliches Durcheinander hier.»

Die Stimme des Fahrers: «Stimmt, meine Dame.»

Sie geht zurück auf den Gehsteig. Ihr Blick hat das Pathos der Frau vom Lande, und das gespannte Mißtrauen ihres Ganges verrät etwas Entwurzeltes. Sie ist mager, und ihr getupftes Kleid ist zu weit. Krampfhaft hält sie Säugling und Koffer fest —, als ob sie ständig zähle.

Unser Wagen hat sich wieder in Bewegung gesetzt und einen Augenblick lang hält sie mit uns Schritt. Der Frühjazz erklingt weiterhin strahlend und unbekümmert. Die Neonschriften blitzen im Sonnenlicht. Man sieht fast nur Frauen auf dem Gehsteig, Frauen, die allein sind. Viele treiben dahin mit der abwesenden Miene des Einsamen, des Touristen, des frisch Geschiedenen, der die Stadt noch nicht kennt. Die Jazznummer ist zu Ende, ein Hillbilly-Ansager begrüßt die Zuhörer. Während er salbadert, fahren wir weiter die Hauptstraße entlang. Durch das Schaufenster eines Supermarkts sehen wir eine Frau, die in der einen Hand eine große Papiertüte mit Lebensmitteln hält und mit der anderen den Hebel eines Spielautomaten herunterdrückt. Ohne auch nur auf die rotierenden Scheiben zu blicken, geht sie zur Tür hinaus und hofft, das Geräusch fallender Münzen möge sie aufhalten — das nicht kommt. Etwas weiter starrt ein verliebtes Paar in eine Auslage mit Brautkleidern. An der Tür neben dem Laden hängt ein Schild: «Scheidungsklagen, eine Etage höher». Es ist eine wohlhabende Stadt mit einem funkelnagelneuen Hotel am Truckee Fluß, eine graue Fassade mit freitragenden Balkonen. Dahinter erheben sich mit schneeigen Gipfeln die verdorrten, braunen Berge. Man kann hier unglaublich weit sehen, sogar Felsblöcke, die aus den Abhängen der Berge hervorragen, sind noch erkennbar. Die schleppende Baritonstimme des Schallplatten-Jockeys sagt: «Also Leute ...» und einen Augenblick lang hört man im Radio nur das Rascheln von Papier, offenbar sucht er den Text für die Reklame. Zwei junge Indianer, in Dungarees gekleidet, stehen an einer Ecke und beobachten uns, als wir vorbeifahren. Ihre Gesichter haben den Ausdruck der Blinden, den man nicht lange erträgt.

Der Ansager kichert. «Leute! Hier ist was zum Denken, solange ihr drauf wartet, daß euer luftdicht verpackter Rizdale-Kaffee kocht. Drei Monate hintereinander schlugen wir Las Vegas. Nach dem gestrigen Stand wurden bei uns 411 Scheidungen ausgesprochen, gegen nur 391 in Las Vegas. Freunde, es gibt keinen Zweifel mehr, daß wir die Scheidungshauptstadt der Welt sind. Und wenn wir schon von Scheidungen sprechen: würdet ihr gerne eine schlechte Gewohnheit loswerden? Was haltet ihr davon, euch aus dem Lehnstuhl zu reißen und hinüber zu Haber's Apotheke zu gehen, um euch 'ne gute Nachtruhe zu leisten – mit dem guten alten ‹Träumschön›?»

Wir fahren eine fast vorstädtische Allee mit sehr kleinen Häusern entlang, manche baufällig, beinahe armselig. Die friedliche, ja, verschlafene Atmosphäre eines heißen Nevada-Tages ist zu spüren. Als wir um die Ecke fahren ...

«Nun behaupten wir natürlich nicht, Freunde, euch eine Extrasorte Traum liefern zu können. ‹Träumschön› ist nur einer von den Namen, die sie dort hinten im Osten, in New York, erfinden. Aber es wirkt. Ich kann beschwören, daß eure schlaflosen Nächte vorbei sind. Ihr bereitet den Traum vor und wir werden euch den Schlaf liefern. ‹Träumschön›, Leute, is 'ne ganz kleine Flasche voll Ruhe, Entspannung und Frieden. Befreie dich von deiner Last, Mutter. Laß dich gehen, Vater. ‹Träumschön›. Also, Leute, kommt her ... Sagt zusammen mit mir, wie wir es immer tun ... alle zusammen ...» Geigen entströmt eine wogende Schlafmelodie: «Träumschöööön ...»

Der Wagen hält am Bordstein, der Motor wird abgestellt und mit ihm das Radio.

Guido springt aus dem Fahrzeug, das wir jetzt als Abschleppwagen erkennen, geht nach hinten, holt eine Batterie heraus und trägt sie die Auffahrt entlang. Auf dem Rücken seines Pullovers steht «Jack's Reno Garage».

Er geht hinter das Haus, wo ein neues Cadillac-Kabriolett mit offenem Dach steht. Der Wagen ist rundum beschädigt, die Kotflügel sind verbeult. Er stellt die Batterie auf einen Kotflügel, um sie besser fassen zu können, bevor er sie in den Rahmen hinunterläßt. Da hört er über sich ein Flugzeug und schaut hinauf.

Eine Düsenverkehrsmaschine dröhnt tieffliegend vorüber. Guido beobachtet sie sehnsüchtig und mit fachmännischem Abschätzen, bis sie über den Bergen verschwindet. Dann setzt er die Batterie in den Rahmen und schließt sie an. Er ist so um die Vierzig – es läßt sich schwer genau sagen, weil er braungebrannt und gesund ist, mit kurzgeschnittenen Haaren, starken Armen und seinem Ringkämpfernacken. Von hinten wirkt er wie ein Athlet, auch sein wippender Gang und die etwas zu hohe Stimme. Aber wenn man vor ihm steht und mit ihm spricht macht er den Eindruck eines akademisch angehauchten Intellektuellen. Vielleicht ist er ein fußballspielender Poet. Dann plötzlich scheinen seine schwarzen Augen vor Dummheit trübe zu werden, und er ist nur noch ein Ortsansässiger, einer, der sein Leben einfältig unter schrottreifen Autos verbringt, mit der gewohnten Stumpfheit des Industriemenschen, der in der Mittagspause sein belegtes Brot kaut und den Mädchen nachschaut.

Jetzt, bei der einfachen Arbeit an der Batterie – einer Arbeit, die nur mechanische Fingerbewegungen erfordert – weitet sich sein Blick und er scheint etwas Sanftes, Unendliches zu sehen, oder sich danach zu sehnen. Die Haut um die Augen und auf dem Nasenrücken ist heller als das übrige Gesicht – ein Zeichen, daß er eine Pilotenbrille trägt – so daß er, wenn er blinzelt, wie ein Papagei aussieht, wie ein tropischer Vogel mit schweren blinzelnden Lidern.

Die Stimme einer Frau läßt ihn sich umdrehen.

«Junger Mann! Wie spät ist es?»

Die Gittertür offen haltend, schützt Isabelle die Augen mit einer Hand vor der Morgensonne. Ihr linker Arm liegt in einer Schlinge, doch hält sie einen Wecker in der Hand. Sie ist ein sechzigjähriger Wildfang mit kurzem Bubikopf in der Mode der zwanziger Jahre, einem Buster-Brown-Haarschnitt, der sie irgendwie als eine Frau kennzeichnet, die wenig Geduld für Kleinigkeiten aufbringt: so brauchte sie sich nur selten zu kämmen. Sie trägt einen alten Morgenrock, den sie mit ihren Ellbogen zusammenhält. Nase und Wangen sind leicht gerötet, die Stimme krächzt und quietscht, und sie schaut mit einer belustigten Unordentlichkeit in die Welt, die an Schiffbruch und entgleiste Intelligenz denken läßt. Aber schon bei ihren ersten Worten – sie muß husten und sich räuspern – strahlt sie große Freundlichkeit aus. Sie spricht in einer Art, die Sentimentalität ausschließt. Sie scheint niemals etwas dafür zu erwarten. Sogar zu ihrem Henker würde sie freundlich sein, sich vielleicht noch dafür entschuldigen, der Grund seines frühen Aufstehens zu sein. Über die allgemeinen Menschen gerät sie in Verzweiflung, doch hat sie noch niemanden getroffen, dem sie nicht verzeihen konnte. Der Akzent der Südstaaten süßt ihre Worte. Guido muß lächeln, wenn er sie sieht – wie die meisten Menschen. Sie steht da, beschattet die Augen wie ein Indianer, wartet darauf, die Uhrzeit zu erfahren. Er sieht auf seine Uhr. Als wollte sie die ganze Uhrenindustrie beschuldigen, sagt sie: «Ich habe sechs oder acht Uhren in diesem Haus und keine geht.»

«Es ist zwanzig nach neun.»

«Nach!» Isabelle tritt weiter auf die Terrasse und ruft zu einem Fenster im zweiten Stock hinauf: «Liebes Kind! Es ist zwanzig nach!» Vom Fenster kommt keine Antwort. «Liebling?»

Roslyn erscheint hinter dem Fliegengitter; ihre Züge sind kaum zu erkennen. Mit aufgeregter Stimme ruft sie herunter: «Fünf Minuten! Und du?»

«Bin fertig! Ich habe gerade meine Armschlinge geplättet, Liebling, der Rechtsanwalt sagte: pünktlich um Neun-Uhr-dreißig!»

«Okay!»

Als Isabelle den Motor des Wagens anlaufen hört, dreht sie sich um. Guido kommt hinter dem Lenkrad hervor und beugt sich lauschend über den Motor. Isabelle geht zu ihm, noch immer die Uhr in der Hand, die aufzuziehen oder zu stellen sie vergessen hat.

«Ich hoffe, Sie sind nicht kleinlich. Wissen Sie, er ist funkelnagelneu. Er sollte schon einen guten Preis bringen.»

«Ist das der richtige Kilometerstand? 35 Kilometer?»

«Wir sind nur zweimal damit gefahren. Die verfluchten Kerle in dieser Stadt haben uns dauernd angefahren, nur um anzubändeln.» Mit einem stolzen Lächeln: «Wissen Sie, er ist 'ne Wucht.»

Roslyns Stimme: «Kommst du rauf, Is!»

«Ich komm schon, Liebes!» Dann zurückgewandt zu Guido, der zum Fenster im zweiten Stock hinaufschielt: «Zeigen Sie sich jetzt von Ihrer großzügigsten Seite. Sie dürfen nicht nach dem Aussehen gehen – er ist funkelnagelneu, ein Scheidungsgeschenk ihres Mannes, wissen Sie!»

«Macht man jetzt Geschenke bei Scheidungen?»

«Warum nicht? Noch nie hat es mein Mann unterlassen, mir am Jahrestag *unserer* Scheidung einen Topf mit einer gelben Rose zu schicken. Und im Juli sind es neunzehn Jahre!» Sie ist schon gut Freund mit ihm, lacht, drückt seinen Arm und neigt sich ihm zu. «Selbstverständlich wollte er mir nie Unterhalt zahlen, aber ich möchte auch keinem Mann Unkosten machen – schon gar nicht, wenn sein Herz nicht dabei ist, wissen Sie!» Sie wendet sich zur Terrasse.

«Haben Sie Ihren Arm im Wagen gebrochen?»

«O nein. Meine letzte Untermieterin, vor diesem Mädchen – wir feierten ihre Scheidung und ich benahm mich... schlecht. Ich falle mir schon selbst auf die Nerven!»

Sie bricht fast in Tränen aus und verschwindet im Haus. Neugierig schaut Guido zum Fenster hinauf, dann zieht er Block und Bleistift heraus, geht um den Wagen herum und notiert den Schaden.

Isabelle eilt durch das Haus, rennt die Treppen hinauf und geht in ein Zimmer. Chaos; Schreibtischladen stehen offen, das Bett ist mit Briefen, Toilettesachen, Magazinen und Haarwicklern bedeckt.

Roslyn ruft aus der Ankleidekammer: «Könnten wir meine Antworten noch mal wiederholen, Is?»

«Aber sicher, Liebste.» Isabelle geht zu einem Spiegel und nimmt ein Stück Papier, das im Rahmen steckt. Sie setzt sich auf das Bett und hält eine verbogene Brille vor die Augen. «Also: ‹Benahm sich Ihr Mann, Herr Raymond Taber, grausam zu Ihnen?›»

Nach einigen Sekunden: «Na ja... Ja.»

Isabelle: «Sag einfach ja, Liebling.»

Ein goldhaariges Mädchen stürzt aus der Kammer, schließt den Reißverschluß ihres Kleides und geht dabei zum Schreibtisch, wo sie mit der freien Hand in der Unordnung von Tiegeln, Papieren und Krimskrams etwas sucht, während sie ihr Haar im Spiegel betrachtet. Jede Einzelheit ihrer Erscheinung ist in tadelloser Ordnung, aber der Gesamteindruck ist schlampig. Sie kann in einem Augenblick besessen von ihrem Anblick sein, und im nächsten den Kopf in völliger Gleichgültigkeit so heftig abwenden, daß sich ihr Haar löst; oder sie kann in einem frischgebügelten Kleid auf dem Boden knien, um unter dem Bett etwas zu suchen. Aber so flink sie auch ist, es liegt in ihrem Blick doch eine gewisse stille Nachinnengekehrtheit. Sie schaut zu Isabelle.

«Ja.»

Sie zieht im Spiegel ihr Kleid zurecht und ist gleichzeitig ganz davon in Anspruch genommen, die Fragen zu beantworten. Trotz der vielen Dinge, die sie tut, der vielen Gegenstände, die sie untersucht, der zahlreichen Ereignisse, die sie erlebt, ist ein Teil ihrer Person ganz allein, wie ein kleines Kind in einer neuen Schule, das nicht versteht, warum es hier ist und leidenschaftlich nach einem freundlichen Gesicht späht.

Isabelle liest weiter: «‹Wie drückte sich seine Grausamkeit aus?›»

«Er... Wie geht es doch noch?»

«‹Hartnäckig und grausam setzte er sich über meine persönlichen Rechte und Wünsche hinweg und ging bei verschiedenen Gelegenheiten zu Tätlichkeiten gegen mich über.›» Die Ältere schaut vom Papier auf.

«Hartnäckig...» Verstört unterbricht sie. «Muß ich das sagen? Warum kann ich nicht einfach sagen, daß er nicht *da* war? Was ich sagen will, ist, daß ich ihn berühren konnte, daß er aber nicht *da* war.»

«Liebes Kind, wenn diese Gründe für eine Scheidung ausreichten, blieben kaum elf Ehen in den Vereinigten Staaten übrig... Jetzt wiederhole nur –»

Ein Wagen hupt. Isabelle eilt zum Fenster. Guido, der seinen Notizblock verstaut, ruft ihr von unten zu: «Man wird Ihnen das Gutachten vom Büro aus telephonisch mitteilen.»

Roslyn kommt an Isabelles Seite und ruft hinunter: «Wissen Sie, diese Dellen sind nicht meine Schuld!»

Guido sieht Roslyn jetzt zum ersten Mal, zwar noch immer hinter dem Fliegenfenster, doch mehr oder weniger deutlich. Er ist sonderbar verlegen und schämt sich seiner Schüchternheit.

«Ich werde versuchen, den höchstmöglichen Preis vorzuschlagen, Fräulein. Sie könnten jetzt mit ihm fahren. Ich habe die Batterie eingebaut.»

«Ach, ich will mit *diesem* Wagen nie mehr fahren. Wir werden ein Taxi rufen.»

«Wenn Sie jetzt gleich gehen, kann ich Sie in meinem Wagen mitnehmen.»

«Großartig! Zwei Minuten! Zieh dich an, Is! Du mußt mein Zeuge sein!»

Isabelle ergreift in einer plötzlichen Aufwallung Roslyns Hand. «Zum siebenundsiebzigsten Mal bin ich bei einer Scheidung Zeuge. Zwei Sieben bringen Glück, Liebling!»

«Oh, Is! Das will ich hoffen!»

Roslyn lächelt, aber Angst und eine verwirrte Bestürzung bleiben in ihren Augen. Die alte Dame eilt aus dem Zimmer und öffnet dabei mit ihrer gesunden Hand den Gürtel ihres Hauskleides.

2

Gegenüber dem Gerichtshaus von Reno, auf der anderen Seite der Straße, liegt ein kleiner Park. Die Wege sind von Bänken gesäumt, und es steht dort die grünliche Statue eines Mannes, einer Frau und eines Kindes, die auf das Gerichtsgebäude blicken — eine Pionierfamilie, die die Gerichtsbesucher an die großen Trecks, die auf diesem Wege weiter westwärts zogen, erinnern soll. Es ist angenehm, an einem heißen Tag hier zu sitzen; Baumschatten sind in dieser Gegend ein seltener Luxus. Verkommene und Alte sitzen hier herum, um die Fremden vorbeigehen zu sehen — manchmal sind es junge Leute, die die Abzüge ihrer Hochzeitsbilder aus dem Photoladen auf der anderen Straßenseite betrachten, manchmal sind es Leute, die sich um Grundstücke streiten und ihre Pläne auseinanderfalten.

Alles, was geschieht, endet früher oder später vor dem Gericht, und in diesem Park können die Streitenden sitzen und geduldig auf das Urteil warten, während der Verkehr auf allen vier Seiten vorbeizieht.

Guidos Abschleppwagen hält. Schnell springt er heraus, geht um den Wagen herum, öffnet die Tür auf der anderen Seite und hilft Isabelle beim Aussteigen.

«Vorsicht!»

«Wie nett Sie sind!» Isabelle streichelt seine Schulter.

Roslyn ist schon fast ausgestiegen, aber er greift trotzdem nach ihrer Hand. Sie trägt noch immer das Blatt Papier und geht an ihm vorbei.

Roslyn: «Vielen Dank. Wir müssen uns eilen.»

Guido stellt sich ihr leicht in den Weg.

«Wenn Sie nicht gleich in den Osten zurückgehen, würde es mich freuen, wenn ich Ihnen die Gegend zeigen dürfte. Die Landschaft ist herrlich hier, wissen Sie.»

Roslyn, die in Gedanken mit ihrer Mission beschäftigt ist, dankt ihm mit den Augen.

«Ich würde gerne alles sehen, aber ich weiß noch nicht, was ich tun werde. Ich konnte hier nur daran denken, wann meine sechs Wochen vorüber sein würden.»

Guido: «Darf ich Sie anrufen?»

«Ich weiß nicht, wo ich sein werde, aber okay.» Roslyn geht weiter und winkt zurück. «Nochmals danke!»

Isabelle berührt seinen Arm. «*Mein* Name ist Isabelle Steers.»

Guido lacht über ihren Witz. «Okay, Isabelle. Sie können auch mitkommen, wenn Sie wollen.»

«Welch ein süßer nachträglicher Einfall! Oh, ihr Reno-Männer!»

Sie lacht und trottet hinter Roslyn her.

Guido, irgendwie gerührt und erregt, starrt ihnen nach, als sie den gepflasterten Weg überqueren, der den Rasen vor dem Gericht durchschneidet. Die Männer auf den Parkbänken blicken auf, als Roslyn vorbeigeht; Zeitungen senken sich, wenn sie kommt.

Die junge Frau im getupften Kleid mit dem Baby auf dem Arm schüttelt auf der Treppe des Gerichtsgebäudes einem Rechtsanwalt die Hand. Sie trennen sich. Mit finsterem Blick geht die Frau an Roslyn vorbei. Roslyn und Isabelle nähern sich der Treppe des Gerichts; Roslyn überfliegt noch einmal hastig ihre Stichworte auf dem Blatt. Ihre Angst verschärft sich.

«Ich kann mir das nicht merken; es ist nicht so, wie es war!» Isabelle lacht. «Du nimmst alles zu ernst, Liebling! Sag's nur, es muß ja nicht wahr sein. Es ist ja nicht eine Quizsendung, sondern nur eine Gerichtsverhandlung.»

Sie steigen die Treppen hinauf, und als Roslyn, nachdem sie das Blatt Papier weggesteckt hat, aufschaut, stockt ihr Schritt: ein Mann kommt die Stufen herunter ihr entgegen. Er ist gut gebaut, groß, ungefähr achtunddreißig Jahre alt, trägt einen weichen Strohhut und eine Krawatte mit auffallendem Muster. Er versucht seine Ansichten ständig auf die der Welt abzustimmen, aber, was er sagt, ist nie ganz klar. Jetzt, da er vor Gericht erscheinen muß, fühlt er sich unbehaglich; schon in jungen Jahren hatte er Erfolg und diese Verhandlung bedroht seine Würde. Er erwartet, daß die einfache Tatsache seines Kommens seine Frau überzeugen wird, wie schuldig sie ist. Aber er wird ihr verzeihen, und sie wird ihn wieder vergöttern. Es ist Raymond Taber, ihr Mann. Es gelingt ihm, ein gekränktes, verlegenes Grinsen aufzusetzen, als ob er ein geringfügiges Vergehen eingestände.

«Ich komme gerade vom Flugzeug. Ich bin doch nicht zu spät, oder?»

Roslyn schaut ihn an; eine aufsteigende Furcht um sich selbst läßt sie schweigen. Er kommt die Treppe herunter auf sie zu.

«Nicht, Raymond. Bitte, ich will nichts mehr hören.»

Ärger überschattet sein Gesicht. «Gib mir fünf Minuten, ja? Nach zwei Jahren fünf Minuten, das ist nicht ...»

«Du kannst mich nicht so haben, wie du mich haben willst, das ist alles. Bitte ... Ich gebe dir keine Schuld. Ich habe es nie anders gesehen. Ich glaube einfach nicht mehr an das Ganze.» Sie geht um ihn herum und er faßt ihren Arm.

«Kind, ich verstehe, was —»

«Du verstehst es nicht, denn niemand versteht es!» Mit einem Finger drückt sie gegen seine Brust. «Du bist nicht *da*, Raymond!» Sie tritt zurück. «Wenn ich schon allein sein muß, so will ich ganz allein sein. Geh weg, Raymond — du wirst es nie wieder soweit bringen, daß du mir leid tust.»

Sie läßt ihn stehen, in ohnmächtigem Zorn, und winkt Isabelle, die ihren Arm um sie legt. Roslyn bebt vor unterdrücktem Schluchzen, aber sie will nicht weinen, als sie zusammen die Stufen zum Gerichtsgebäude hinaufeilen.

Guido beobachtet von seinem Lastwagen aus, wie die zwei Frauen verschwinden. Er hat das Gespräch mitangesehen, ohne es hören zu können. Nun fährt er nachdenklich die Hauptstraße hinunter. Ein Zug hat quer über der Straße gehalten. Er stoppt am Bahnübergang, schaltet den Motor ab und lehnt sich in seinen Sitz zurück, um zu warten. Seine Augen zeigen einen gewissen starren Ausdruck der Selbstprüfung. Zufällig dreht er sich um, richtet sich auf und ruft: «Gay!»

Gay Langland steht mit einer Frau auf dem untersten Trittbrett des Zuges, sein Hund ist bei ihm. Er wendet sich dem Lastwagen zu, winkt und ruft: «Warte doch! Ich wollte grade zu dir rüberkommen!»

Einige Meter entfernt steht ein Schaffner mit einer Uhr in der Hand. Die Frau, um zweiundvierzig Jahre alt, ist teuer gekleidet. Sie hat Angst, sich lächerlich gemacht zu haben, und versucht, es in Gays Augen zu erkennen. Sie zeigt ein freudloses Lächeln voller Angst und Kummer.

Gay wendet sich ihr gerade wieder zu. «Alles Gute nun, Susanne. Ich werde dich nicht vergessen, bestimmt nicht.»

Sie sieht auf seine dargebotene Hand und spürt deutlich die Förmlichkeit und das Abweisende seiner Geste. Sie will seine Hand schütteln und versucht Haltung zu bewahren, aber plötzlich wirft sie die Arme um ihn und Tränen füllen ihre Augen.

Gay: «Nun, nun, Süßes, sei tapfer.»

Schaffner: «Einsteigen!»

Frau: «Ich weiß nicht einmal, wohin ich dir schreiben kann!»

Gay, sie beruhigend, während er sie zum Trittbrett schiebt: «Hauptpostlagernd. Ich bekomme es schon.» Er hebt sie die Stufe hinauf, und sie wendet sich ihm zu.

«Wirst du daran denken, Gay? Es ist die zweitgrößte Wäscherei in St. Louis.»

«Ich möchte dich nicht reinlegen, Susanne. Ich bin für dies Geschäft nicht gemacht.»

Der Zug fährt an. Der Schaffner springt auf und faßt ihren Arm, um ihr hinaufzuhelfen. Gay geht neben dem Zug her. Sie hat alle Fassung verloren und weint.

«Wirst du an mich denken? Gay!»

«Du weißt, ich werde es! Mach's gut!»

Ihr gelingt ein maskuliner, mutiger Gruß, als sie sich entfernt. Nachdem die Frau schon entschwunden ist, steht Gay noch mit erhobenem Arm da, ein mitleidiges Lebewohl voller Erleichterung. Nun geht er den Bahnsteig entlang, den Hund auf den Fersen. Guido hat den Lastwagen an den Bordstein gefahren. Gay kommt heran und legt seine Arme auf den Fensterrahmen; er scheint bis in die Stimme hinein müde zu sein.

«Wie geht es dir, alter Knabe? Bist du auch soweit, aus dieser Stadt abzuhauen? Ich bestimmt.»

«Ich habe drüber nachgedacht.» Guido zeigt auf den wegfahrenden Zug. In seinen Augen liegt jene Erregung des Zuschauers, eine zwingende, wenn auch nur schüchtern gezeigte Begierde nach Einzelheiten. «Wer war das?»

Gay lächelt über die heftige Neugier seines Freundes, aber er lehnt es ab, Guidos Zynismus der Frau gegenüber zu teilen. «Susanne. Verflucht feiner Kerl, diese Frau.»

Er öffnet die Tür und setzt sich auf die Kante des Sitzes. Der

Verkehr fließt ruhig vorbei. Gay ist neunundvierzig Jahre alt, ein grobfingriger Cowboy, ein wundervoller Zuhörer. Er nimmt seinen Hut ab und wischt über das Schweißband. Mit den Gedanken ist er woanders, nicht an einem bestimmten Ort – einfach nicht hier und einfach nicht in dieser Zeit. Es ist an einem Wochentagmorgen – um ihn herum ein Land voller Sand und Berge. Er wirkt zufrieden oder erschöpft; es ist nicht erkennbar. Guido gegenüber zeigt er eine geschäftsmäßige Freundlichkeit, aber es gibt kein Geschäft. Vielleicht hat er viele solcher Freunde. Man spürt, daß er nicht viel erwartet, daß er aber den Rhythmus für jeden bestimmt, der mit ihm geht, weil es ihm nicht liegt zu folgen. Und er hat nicht den Wunsch zu führen. Es dreht sich immer nur darum, sich vielleicht für die nächsten Tage oder Wochen einzurichten. Darüber hinaus gibt es für ihn nur diesen Staat, und da kennt er überall Leute. Heimatlos, ist er stets in Schuhen, Jeans und Hemd zu Hause, und darauf legt er Wert. Wenn er zuhört, scheint er zu spüren, daß das Leben ein Festzug ist, der manchmal laut ist, manchmal leise, manchmal von einer erschütternden Absurdität und manchmal gefährlich. Es ist ein Festzug ohne Kopf und ohne Schwanz. Er hört zu, er ist interessiert und kann wie ein Maulwurf plötzlich im Boden verschwinden und später an einem andern Ort wieder auftauchen. Er braucht keine List, denn er hat von sich nie verlangt, etwas zu versprechen; daher sind seine Betrügereien unbedeutend und folgenlos. «Wenn du mußt, so wirst du», scheint er zu glauben. Die Welt der Moral ist voller Frauen, und viele hat er ohne viel Aufhebens aus ihr herausgeführt, wofür sie ihm dankbar waren. Seine Weigerung, sich über die abgereiste Frau lustig zu machen, ermutigt Guido, seine eigenen Gefühle einzugestehen.

Guido: «Ich traf gerade ein Mädchen – zum Anbeißen, Gay. Verteufelt schicke Frau.»

Gay sieht ihn freudig überrascht an: «Muß sie wohl sein, wenn du dich so ins Zeug legst. Schau, warum gehen wir nicht in die Berge?»

«Wollte diesmal fünfhundert sparen. Ich sollte eigentlich einen neuen Motor kaufen.»

«Zum Teufel, die Maschine wird dich überall hinfliegen. Du steckst nun schon mehr als zwei Monate in diesem Job, alter Junge – genug Geld für ein Jahr. Wirst dich bald dran gewöhnen. Ich sage dir, ich komm vor Sehnsucht nach frischer Luft fast um, und mal keine verdammten Menschen sehen, männlich oder weiblich. Vielleicht können wir da oben sogar 'n paar Mustangs fangen.»

Guido schaut unentschlossen beiseite. «Ich treff dich später drüben in der Bar. Wir sprechen noch drüber.»

«In Ordnung!» Gay steigt aus und schlägt die Tür zu. «Hoffe, das Mädchen mal zu sehen.»

«Das einzig Blöde is, daß ich den Mut verliere, wenn ich dran denke, was du für'n unnützes Zeug quatschen wirst.»

«Verdammt, es gibt nichts Nützlicheres, als mit einer hübschen Frau zu reden. Du warst neulich schlechter Laune – könnte dich wieder etwas aufmuntern. Also bis nachher!»

Gay tritt zurück, sie winken einander zu, und der Lastwagen fährt weg. Gay geht los, in seinen Augen zeigt sich jetzt eine sanft neubelebte Stimmung.

An einem bestimmten Punkt geht die Hauptstraße in eine Brücke über, die den schmalen Truckee, der zwischen den Gebäuden dahinfließt, überquert. Roslyn und Isabelle gehen über die Brücke, aber am Geländer hält Isabelle Roslyn zurück. In der Mittagshitze scheinen die beiden gewelkt zu sein.

Isabelle: «Wenn du deinen Ring hineinwirfst, wirst du nie wieder geschieden.»

Verdutzt berührt Roslyn schützend ihren Ring.

Isabelle: «Tu's schon, Liebling. Jeder tut es, es gibt in diesem Fluß mehr Gold als im Klondike.»

Roslyn, mit einem gewissen Abscheu: «Hast du es getan?»

Isabelle: «Ich? Oh, ich verlor meinen Ring schon in den Flitterwochen!»

Roslyn: «Gehen wir doch was trinken!»

Isabelle: «So, jetzt gefällst du mir!»

Ein paar Häuser weiter liegt ein Kasino, das zur Straße hin geöffnet ist; ein Riesenraum voll dickbäuchiger Spielautomaten reflektiert rosa und blaues Neonlicht. Die Seitenflügel sind fast leer, aber einige Frühaufsteher betätigen die verschiedenen Hebel, blinzeln in dieses Meer von Chrom, starren auf die aufleuchtenden Lampen – wie Fische in einer düsteren Unterwelt. Geräusche sind gedämpft. Die beiden Frauen sitzen an einem Tisch in der Nähe der Bar und beobachten die im Saal verstreuten Spieler. Ein Kellner kommt zu ihnen und Roslyn bestellt: «Scotch, denk ich, mit Eis.»

Isabelle: «Korn und Wasser für mich.»

Der Klang der gutgeölten Hebel wirkt in diesem Neondämmer friedvoll. Einen Augenblick lang sitzen die Frauen schweigend da und sehen sich um. Ein alter Mann in der Nähe macht das Zeichen des Kreuzes über eine Maschine und zieht am Knopf.

Isabelle berührt den Arm ihrer Freundin: «Komm, sei vergnügt, Liebling!»

«Ach ja. Ich hasse es nur, mit jemand zu streiten. Auch wenn ich gewinne, verliere ich. In meinem Herzen, weißt du.»

«Du bist jetzt frei, Liebling! Das dumme ist nur, daß du noch nicht dran gewöhnt bist.»

«Nein, das dumme ist, daß ich immer wieder dahin zurückkehre, wo ich anfing. Ich hatte nie jemanden richtig, und jetzt ...»

«Nun gut, du hattest doch deine Mutter, nicht wahr?»

Roslyn unterdrückt ein seltsames Gefühl der Scham. «Wie hast du jemanden, der immer verschwindet? Beide waren niemals ... da. Oft verschwanden sie drei Monate lang mit einem Patienten. Weißt du, wie lange drei Monate für ein Kind sind? Und er kam nur, wenn sein Schiff gerade mal repariert werden mußte ...»

Der Kellner kommt, stellt die Getränke hin und geht. Isabelle erhebt ihr Glas. «Auf das Wohl dieser ganzen verdammten Sache, Liebling!»

Roslyn, die plötzlich nach Isabelles Arm greift: «Du bist eine gute Frau, Is. Du bist praktisch die einzige Frau, die je mein Freund war.»

«Hör zu! Fahr nicht weg; laß dich hier nieder. Es gibt hier eine Schule, in der du Tanzstunden geben könntest ... Denn etwas gibt es in dieser Stadt – sie ist immer voll interessanter Fremder.» In Roslyns Augen zeigen sich Tränen, Isabelle ist überrascht. «Ach, mein Liebes, es tut mir leid; was habe ich –»

«Mir fehlt plötzlich meine Mutter. Ist das nicht dumm?» Entschlossen hebt sie ihr Glas, lächelnd. «Auf ... auf das Leben! Egal, was es ist.»

Sie lachen und trinken. Roslyn sieht Gays Hund, der geduldig neben der Bar sitzt.

Roslyn: «Sieh doch, der liebe Hund da! Wie süß sitzt er da!»

Isabelle: «Jaaa, Hunde sind nett.»

Sie und Isabelle sehen, wie Gay vor den Hund namens Margaret ein Glas Wasser setzt. Margaret trinkt. Gay sieht die beiden

Frauen an, nickt ihnen einen Gruß zu, und als er sich aufrichtet, um sich wieder zur Bar zu wenden, kommt Guido herein; er trägt ein reines Hemd und Stoffhosen. Guido sieht Roslyn und geht zu ihr, als Gay ihn gerade begrüßt.

Guido: «Oh, hallo! Wie ging es aus?»

Roslyn, schüchtern: «Okay. Es ist alles vorüber.»

Ungewiß, wie er fortfahren soll, nickt er und winkt Gay heran, allein schon, um seine Spannung zu mildern.

«Möchten Sie einen Freund von mir kennenlernen? Das ist Gay Langland. Mrs. Taber ...»

Gay, der gleich erfaßt, daß sie diejenige ist: «Oh, wie geht's?»

Guido, auf Isabelle deutend: «Und das ist ...»

«Isabelle Steers.» Zu Roslyn: «Die Reno-Leute haben ein Gutes, sie können Namen behalten.»

Sie lachen. Isabelle blüht auf. Sie liebt neue Gesichter. «Warum setzt ihr euch nicht?»

Gay: «Na also, danke Ihnen. Setz dich doch, Guido. Kellner! Was trinkt ihr, Mädchen?»

Isabelle: «Whisky. Wir feiern die Befreiung aus dem Kerker.»

Eine Kellnerin kommt an den Tisch.

Gay: «Vier Doppelte.» Zu Roslyn: «Sie haben ja mächtig Eindruck auf meinen Freund gemacht, und» – zu Guido – «ich sehe, warum.»

Roslyn blickt auf Guido, aber er wirkt so angestrengt, daß sie sich Gay zuwendet und ihm sagt: «Sind Sie auch Mechaniker?»

Isabelle: «Er? Er ist ein Cowboy.»

Gay, grinsend: «Woher wissen Sie das?»

Isabelle: «Ich kann riechen, nicht wahr?»

Gay: «Kühe können Sie an mir nicht riechen.»

Isabelle: «Ich kann den Ausdruck in Ihrem Gesicht riechen, Cowboy.» Sie greift über den Tisch und lacht. «Aber ich liebe euch alle, ihr armen Luder! Ich hatte einen Cowboy-Freund ...» Sie nimmt schnell einen Schluck. «Er hatte einen Arm verloren, aber er war mit einem Arm mehr als jeder andere Mann mit zweien. Ich meine natürlich beim Kochen.» Sie alle lachen. «Ich meine es ernst! Er konnte eine Bratpfanne voll Koteletts in die Luft werfen und sie kamen gewendet wieder herunter. Natürlich seid ihr alle Taugenichtse, und das wißt ihr.»

Gay: «Kann schon sein, aber besser als Lohnempfänger.»

Die Kellnerin kommt mit den Getränken.

Guido: «Ich vermute, Sie fahren jetzt wieder zurück in den Osten, hm?»

Roslyn: «Ich kann mich nicht entschließen. Ich weiß nicht, was ich tun soll.»

Gay: «Wollen Sie damit sagen, daß Sie nicht irgendein Geschäft leiten müssen oder in einer Schule unterrichten oder –»

«Ich? Ich habe nicht einmal die Höhere Schule beendet.»

«Also, das ist wirklich eine *gute* Neuigkeit.»

«Warum? Haben Sie gebildete Frauen nicht gerne?»

«Oh, die sind ganz in Ordnung. Sie wollen nur immer wissen, was man *denkt*, das ist alles. Dahinten im Osten muß sicher besonders viel gedacht werden.»

«Na ja, vielleicht versuchen sie nur, euch besser kennenzulernen.» Roslyn lacht ironisch. «Sie haben doch nichts dagegen, oder?»

«Ich überhaupt nicht. Aber haben Sie je einen Mann dadurch kennengelernt, daß Sie ihm Fragen stellten?»

«Sie glauben, er würde lügen.»

«Also, vielleicht tut er es nicht – aber dann tut er es vielleicht doch!»

Isabelle kichert, und das Frage-und-Antwortspiel versiegt.

Gay: «Trinken wir noch was?»

Roslyn: «Gut, trinken wir noch was!» Seine Offenheit entspannt sie; er beschäftigt sie spürbar, und es wird ihr angenehm bewußt.

Gay, der einem Kellner zuruft: «Mensch! Bringen Sie uns noch mal vier!» wendet sich, unbelastet und glücklich an Guido und versucht ein neues Thema. «Was hältst du davon, Pilot? Sollen wir heute aus dieser Stadt ziehen?»

Angespornt, nimmt Guido zögernd und linkisch seinen Schlachtplan auf: «Waren Sie überhaupt schon außerhalb Reno, Mrs. Taber?»

Roslyn: «Ich ging schon mal bis zum Stadtrand, aber – es sieht dort nach gar nichts aus.»

Guido: «Oh!»

Gay: «Und doch könnte gerade da alles sein.»

Roslyn: «Zum Beispiel?»

«Das Land.»

«Was machen Sie dort?»

«Einfach leben.»

In sich gekehrt, sieht Roslyn forschend in Gays Augen und fragt: «Wie können Sie ... einfach leben?»

«Nun ja ... man fängt mit Schlafengehen an. Dann steht man auf, wenn man Lust hat. Dann kratzt man sich» – sie kichern – «brät sich einige Eier, schaut wie das Wetter ist, wirft einen Stein, reitet ein Pferd, besucht jemand, pfeift ...»

Roslyns Augen treffen die seinen. «Ich weiß, was Sie meinen.»

Isabelle: «Könnte schön sein, Liebling. Warum gehst du nicht reiten?»

Guido: «Wenn es Ihnen paßt, ich habe draußen auf dem Lande gleich hinter Hawleyville ein leeres Haus. Es steht Ihnen zur Verfügung, wenn Sie ein wenig Frieden und Ruhe brauchen, bevor Sie zurückfahren.»

Roslyn, anzüglich lächelnd: «Ach, ist die letzte Frau schon weg?»

«Nein! Ohne Spaß.» Mit einer plötzlichen Selbstenthüllung, die Guido schwerfällt: «Ich habe es noch nie jemandem angeboten.»

«Also schönen Dank. Ich könnte da nicht bleiben, aber ich hatte vor, ein Auto zu mieten, um zu sehen, was das Land –»

«Gay hat einen Lastwagen, oder ich könnte meinen Wagen holen.»

«Nein. Dann müßten Sie mich zurückfahren.»

«Ach, das macht mir nichts aus!»

«Lassen Sie es – immer ...» Sie ist ein wenig verwirrt, weil sie sich ihm widersetzen muß; sie berührt seine Hand. «... möchte ich das Gefühl haben, allein zu sein, wissen Sie? Ich werde einen Wagen mieten. Wo kann ich das tun?»

Gay: «Sofort?»

Roslyn: «Warum nicht?»

Gay steht auf: «Okay. Viel Zeit verschwenden Sie nicht, oder?»

Guido: «Ich muß noch einmal bei der Garage vorbei und dem Boss sagen, daß ich weggehe.»

Gay: «So! Jetzt bist du wieder der Alte!»

Sie gehen den Gang zwischen den Spielautomaten entlang, hinaus auf die Straße. Auf einmal haben sie ein Ziel, einen Weg durch den gestaltlosen Tag.

3

Roslyns Mietwagen rast über die endlose Autobahn, vierhundert Meter hinter Gays zehn Jahre altem Pritschenwagen. Abgesehen von den beiden Fahrzeugen ist die Autobahn verlassen. Auf beiden Seiten breiten sich die kahlen Hügel von Nevada aus, Kette an Kette. Ein gelegentlicher Landweg, der sich in sie hineinwindet, weckt den überraschenden Gedanken, daß man ihm folgen und eine menschliche Behausung im Innern des Landes antreffen könnte. Kein einziges Haus zeigt sich; nur ein Zaun hin und wieder verrät, daß hier manchmal Vieh weidet. Die Berge liegen rechts und links der Autobahn wie Brustkörbe gewaltiger Riesen.

Vor dem vorbeieilenden Auge heben und senken sich ihre wellenförmigen Gipfel, als ob die Erde ruhig atme. Die Mittagssonne läßt rote, wundenartige Flecken auf ihrer Oberfläche aufleuchten, ein purpurnes Aufflammen, dann ein schwaches Rosa und wieder ein Braungelb. Trotz des Summens der Motoren scheint das Land in seinem Schweigen ungestört, ein Schweigen, das im Geiste wächst bis es eine wortlose Stimme wird.

Roslyn, die den Wagen lenkt, Isabelle neben sich, sieht dauernd von der Straße weg hinüber zu den großen runden Hügeln. Sie ist in sich gekehrt, ihre Augen sind vor Ehrfurcht geweitet.

Roslyn: «Was liegt dahinter?»

Isabelle: «Noch mehr Berge.»

«Was ist das für ein wunderbarer Geruch? Es duftet wie ein grünes Parfum.»

«Salbei, Liebling.»

«Ach ja! Außer in einer Flasche habe ich es noch nie gerochen.» Lachend: «O Isabelle! Es ist herrlich hier, nicht wahr?»

Isabelle, die Roslyns Erregung spürt: «Ich glaube, ich sollte dir lieber etwas über die Cowboys erzählen, Liebes.»

Roslyn lacht warm: «Du machst dir doch um mich keine Sorgen, nein?»

«Du bist zu gutgläubig, Liebes. Cowboys sind die letzten wirklichen Männer in dieser Welt, aber sie sind so verläßlich wie wilde Kaninchen.»

«Aber wenn das nun alles ist? Wirklich und wahrhaftig, meine ich.»

«Ich denke, das will einfach niemand glauben.»

«Meinst du, ich bin verläßlich?»

«Ich glaube, du würdest es sein, wenn du jemanden Verläßlichen hättest.»

«Ich weiß es nicht mehr. Vielleicht sollte man nicht alles glauben, was die Leute sagen. Vielleicht ist es ihnen gegenüber nicht einmal fair.»

«Na ja ... frag mich nicht, Liebling. Diese Welt und ich waren einander immer fremd – tief drinnen, meine ich.»

Sie fallen in ihr Schweigen zurück. Die Berge und ihre Farben fliehen an Roslyns Augen vorüber.

Weiter vorne sitzt Guido hinterm Lenkrad des Lastwagens. Neben ihm döst Gay, den Hut über die Augen gezogen.

Guido: «Ich konnte nicht hören, was er zu ihr sagte, aber –» er blickt Bestätigung suchend zu Gay – «es sah so aus, als ob *sie ihn* verließ. Ihren Mann.» Er wartet, aber Gay bleibt stumm. «Man kennt sich bei ihr schwer aus. Einen Moment sieht sie dumm und ahnungslos aus. Wie ein Kind. Aber vielleicht hat er sie bei Seitensprüngen ertappt, hm?» Gay bleibt still. «Sie regt einen richtig auf, nicht?»

Gay: «Ja. Sie ist wirklich prima.»

Guido will weitersprechen, aber nach einem Blick auf Gay beschließt er, ihn schlafen zu lassen. Sie fahren schweigend weiter. Sie überholen zwei Indianer, die rechterhand auf braunweißen Pferden langsam hinter einer kleinen Herde Vieh herreiten. Dann verlangsamt Guido das Tempo und winkt, den Kopf hinausstreckend, zurück zu Roslyn. Er verläßt die Autobahn, biegt in einen Landweg ein und sieht in den Rückspiegel.

Roslyn folgt in seiner Staubwolke über die Salbeiebene in Richtung auf die Berge. Kurz danach fahren sie den Abhang eines Hügels hinauf und umkreisen ihn bis zu seiner Rückseite. Die ganze Zeit geht es bergauf, die Straße wird steinig, die Kurven werden scharf. Zertrümmerte und zersplitterte Felsbrocken zwin-

Cowboys sind die letzten wirklichen Männer . . .

gen die Straße zu Serpentinen. Sie fahren eine Kluft hinunter und dann eine steile Bergschlucht hinan, deren Wände fast den Himmel verdecken.

Plötzlich wird am Ende der Schlucht ein Haus sichtbar. Roslyn hält hinter dem Lastwagen, und die Motoren werden abgestellt.

Sie und Isabelle steigen aus und sehen zum Haus hinüber. Die Männer schließen sich ihnen an. Eine kleine Wolke gelblichen Staubs segelt langsam weg. Für einen Augenblick läßt sie das jähe Erscheinen des leerstehenden Hauses still verharren.

Eine seltsame Atmosphäre, fast wie aus einer anderen Welt, geht von dem ziemlich modernen, im Ranchstil gehaltenen Haus aus. Die Fenster schauen auf das zur unsichtbaren Autobahn weit unten steil abfallende Land und die nächste Hügelkette, die sich dahinter erhebt. In dieser Weite erscheint es so schrecklich einsam wie ein gestrandetes Boot.

Es war niemals fertiggebaut worden. Schwarze Magnesittafeln zeigen, wo die Verkleidung hätte angebracht werden sollen; die Tafeln liegen nahebei in einem ergrauenden, verwitternden Haufen. Winden ranken sich hindurch. Das spitze Dach ist nur teilweise mit Dachziegeln gedeckt, eine große Fläche der schwarzen Teerpappe ist noch kahl. Sägeböcke stehen zwischen Unkraut und Salbei. Ein Flügel des Hauses ist unfertig, nackte Sparren und Verstrebungen ragen empor. Kleine Büschel Salbei sprießen aus dem Fundament. Der Ort macht den Eindruck von Vergeblichkeit, als wäre er durch eine plötzliche Katastrophe stillgelegt worden, oder rätselhaft unvollendet gelassen von Menschen, die plötzlich zu einer anderen Idee überliefen. Es ist weder eine Farm noch eine Ranch. Der einzig ersichtliche Grund für sein Dasein ist, daß es am Brennpunkt einer weiten Aussicht steht. Doch irgend jemand, der reich genug war, nur aus diesem Grund zu bauen, hätte kaum ein so konventionelles kleines Haus geplant. Seine betonte Sinnlosigkeit erscheint Roslyn irgendwie poetisch, wie ein unverwirklichter, nur notdürftig zusammengeflickter Wunschtraum.

Roslyn: «Warum ist es nicht fertig?»

Guido, hintergründig: «Es ist wetterfest. Laßt uns hineingehen.»

Guido führt sie durch eine Seitentür. Er bleibt stehen, bevor sie noch ganz drinnen sind, wendet sich Roslyn zu und beklopft das schwarze Isoliermaterial zwischen den offenen Sparren einer Zwischenwand. «Isoliert.» Sie nickt, nicht ganz sicher, worauf er sich bezieht, und er führt sie in das Wohnzimmer. Mit einer weiten Armbewegung sagt er: «Das Wohnzimmer», und sie nickt, während sie auf das Mobiliar blickt, vom Morris-Sessel bis zur Ateliercouch, die vorhanglosen, schmutzigen Fenster, den Teil der Wand, der mit astreichen Tannenbrettern verkleidet ist, und den Flächen, die noch immer nackte Holzpfosten zeigen, die verstaubten indianischen Decken auf der Grand-Rapids-Couch. Der Ort ist nicht feucht, wirkt aber so. Der Staub auf den Fenstern macht das Licht grau.

Guido öffnet eine Tür und lehnt sich gegen den Türrahmen, während er sie auffordert, hinauszusehen. «Dies sollte ein neues Schlafzimmer werden.»

Roslyn steckt ihren Kopf in das Gerüstskelett eines Flügels, der an das Haus angebaut ist. Die Sonne strahlt hell auf ihr Gesicht und erleuchtet die Erde unter den ungedeckten Bodenbalken. «Es ist jetzt sogar schön.»

Ermutigt eilt Guido zu einer Reihe von drei Fenstern, die das Zimmer abschließen. «Panorama-Fenster.»

«Oh!»

Aber als er die Fenster erreicht und hinausblicken will, besteht die Aussicht nur aus grauem Glas, und er beeilt sich, die Vordertür zu öffnen. «Sehen Sie sich das an.»

Hinter sich Gay und Isabelle, steht sie auf der Schwelle, schaut hinaus und hinunter auf das ozeanhafte Rollen der abfallenden Berge. «Gott, es ist endlos!»

«Sehen Sie sich das Badezimmer an.» Guido berührt ihren Ellbogen, und sie folgt ihm durch das Wohnzimmer. Im Vorbeigehen betastet er den Kamin und blickt zu der Stelle, wo er durch die Zimmerdecke führt. «Der Kamin.»

Sie nickt. «Ziegel.»

«Die Küche.»

Sie folgt ihm in die Küche, bemerkt dabei die Spinne im Abfluß und die feuchtverknitterte Schachtel Seifenflocken auf dem Ofen.

«Ein Gasfrigidaire.» Er öffnet die Tür des Kühlschranks, und sie sieht hinein. Er ist von Stolz erfüllt, und sie fühlt sich zu ihm hingezogen. Er schließt die Tür und eilt durch einen Gang – schnell, als ob er ihr Interesse verlieren könnte.

«Keramikkacheln!»

Im Badezimmer inspiziert sie die Kacheln. Er geht durch das Bad, öffnet eine andere Tür, und sie tritt an seine Seite.

«Und hier ist unser –», er unterbricht sich im Satz beim Anblick eines prunkvoll gerahmten Hochzeitsbildes, das über dem Bett hängt. Zwei Rosenkränze hängen vom Rahmen herab. «Meine Frau, sie starb hier.»

«Oh, es tut mir leid.» Roslyn schaut in das kahle Zimmer. Ein Doppelbett, eine Kommode, ein Fenster, eine unbemalte Preßspanwand. Sein Gesicht und das seiner Frau auf der Photographie erscheinen eigenartig charakterlos, unfertig. Traurigkeit überkommt Roslyn, sie sieht auf Guidos Gesicht an ihrer Seite und bemerkt zum ersten Mal den bohrenden geheimen Schmerz in seinen Augen.

Guido: «Sie sollte ein Baby bekommen. Ich setzte gerade den Deckstein auf den Rauchfang und ... sie schrie, und das war alles.»

Roslyn: «Konnten Sie keinen Arzt rufen?»

«Sie schien nicht so krank zu sein. Und dann hatte ich 'ne Reifenpanne und kein Reserverad. Alles ging halt schief. So ist es manchmal.»

«O ja, ich weiß. Konnten Sie hier nicht mehr leben?»

Guido ist von dem Strom ihres Mitgefühls überrascht und wird nun dazu getrieben, diesen Charakterzug zu pflegen. Doch spürt man in ihm die Angst vor Spott, und seine Art, mit ihr umzugehen, ist tastend und feinfühlig.

«Wir kannten einander, seit wir sieben Jahre alt waren.»

«Sie sollten ein anderes Mädchen finden.»

Guido, mit einer Spur von Herablassung gegenüber dieser Idee: «Ich weiß nicht. Mit irgend jemand anders zusammensein – es scheint so unmöglich, verstehen Sie? Sie war nicht wie andere Frauen. Sie stand hundertprozentig hinter mir, ohne Klagen, wie ein Baum.»

Roslyn fühlt einen herabsetzenden Vergleich. Sie lacht leicht. «Aber vielleicht tötete sie das?» Rasch, als sie sieht, daß er das als einen Vorwurf empfindet: «Ich meine, ein wenig klagen hilft manchmal.» Aber er versteht nicht, und, da sie sich um Fröhlichkeit – und Vergebung – bemüht, ergreift sie seinen Arm und führt ihn aus dem Zimmer. «Kommen Sie, zeigen Sie mir den Rest! Es ist wunderschön!»

Sie kommen wieder in das Wohnzimmer. Gay rekelt sich auf die Couch. Isabelle hält eine Indianerdecke in die Höhe, um sie zu prüfen.

Roslyn: «Ist es nicht schön hier, Is?»

Isabelle: «Es wäre vollkommen, wenn jemand zum Wagen ginge und die Flasche Whisky brächte, die ich von meinem eigenen Gelde gekauft habe.»

Guido: «Hey, das stimmt!» Froh über die Gnadenfrist, springt er von der Schwelle der Eingangstür auf die Erde – noch gibt es keine Stufe.

Roslyn wandert im Zimmer umher und berührt die Gegenstände.

Gay: «Gläser sind in der Küche, Isabelle. Ich bin wirklich müde.»

Isabelle: «Nein, Liebling, du bist eben ein Cowboy. Ihr Kerle steht nicht auf, außer es regnet euch in den Nacken.»

Gay lacht, als die alte Frau in die Küche geht. Er dreht sich um und beobachtet Roslyn, die an einem schmutzigen Fenster steht und hinaussieht. Er läßt seine Augen über ihren Rücken, ihre Beine schweifen.

«Zu primitiv für Sie, Roslyn?»

Eine gewisse zerstreute Unentschiedenheit geht von ihr aus.

«Oh, es macht mir nichts aus.»

«Sie sollten seine Frau gesehen haben. Sie half ihm Beton gießen und schlug Nägel ein. Sie war wirklich ein guter Kerl.»

Sie sieht sich im Zimmer um, als ob sie sich bemühte, die Erinnerungen der Wände wachzurufen. «Und nun ist sie tot... Weil er kein Reserverad hatte.»

«Na ja, so geht es manchmal.»

Ihre Augen treffen sich. Die ihren nehmen diesen Widerspruch zu ihren wahren Gefühlen übel.

«Doch manchmal geht es auch anders; vergessen Sie das nicht.» Seine unbeirrbare Festigkeit läßt sie ihn einen Augenblick lang anstarren, und gegen ihren Willen gibt eine unbestimmbare Dankbarkeit ihren Zügen Weichheit.

Guido springt mit einem kleinen Beutel Nahrungsmittel und einer Flasche ins Zimmer. Er sieht sie und Isabelle an, die die Gläser mit ihrer Armschlinge trocknet, und ruft aus: «Kinder, es tut gut, Menschen hier zu sehen! Los, Leute, trinken wir was!» Er geht zu Isabelle in die Küche: «Ich werde den Frigidaire einschalten. Er macht schnell Eis.»

«Eis!» Isabelle ruft durch die offenen Balken Roslyn zu: «Bleiben wir so lange?»

«Ich weiß nicht...» Ihre Augen fragen Gay ratlos um eine Entscheidung, und er antwortet ihrer Unsicherheit:

«Natürlich! Es könnte doch keinen besseren Platz geben! Bessere Gesellschaft könnten Sie auch nicht finden.»

«Also gut», lacht Roslyn.

«So ist's recht!» Gay ruft zur Küche: «Schalte das Eis an, Guido-Knabe!» Isabelle kommt herein und balanciert ein Tablett mit Gläsern. Gay springt auf, um es ihr abzunehmen – zusammen mit der Flasche in ihrer Armschlinge. Gay gießt ein.

Gay: «Laßt uns dies Zeug zum Fließen bringen und die Wüste zum Blühen.»

Isabelle: «Laßt es langsam fließen. Wir haben nur die eine Flasche.»

Gay greift nach Roslyns Handgelenk und gibt ihr das Glas in die Hand. «Hier. Gießen Sie das in Ihre Gedanken und schauen Sie was dann passiert.»

Sie lächelt ihn an, erwärmt von seiner Ausdauer.

Guido kommt herein und nimmt sein Glas. «Setzt euch doch alle. Machen wir es uns gemütlich.»

Roslyn sitzt auf der Couch, Isabelle an ihrer Seite. Die beiden Männer nehmen Stühle. Guido wendet sich an Roslyn, seine Hoffnung geht mit ihm durch: «Ich freue mich wirklich, daß Ihnen dieser Ort gefällt.»

Isabelle: «Also hier ist Nevada, der Laß-es-Staat.»

Roslyn: «Was für ein Staat?»

Sie kichern bereits.

«Der Laß-es-Staat. Wollen Sie Ihr Geld verspielen, lassen Sie es hier. Eine Frau loswerden? Werden Sie sie hier los. Eine überflüssige Atombombe, die Sie nicht brauchen? Lassen Sie sie hier explodieren, und es wird niemanden im geringsten stören. Das Motto Nevadas ist: ‹Alles geht, aber beklagen Sie sich nicht, wenn es gegangen ist.›»

Gay: «Bei Gott, das ist keine Lüge.»

Guido: «Wieso gingen Sie nie wieder nach Hause, Isabelle? Sie kamen hierher wegen Ihrer Scheidung, nicht wahr? Ursprünglich?»

Isabelle trinkt und blickt beschämt auf Roslyn. «Um die Wahrheit zu sagen, ich war nicht schön genug, um nach Hause zu gehen.»

Roslyn: «Aber Isabelle!»

«Es ist die Wahrheit, Liebling. Schönheit hilft überall, aber in Virginia ist sie eine Notwendigkeit. Du brauchst sie praktisch sogar für den Führerschein. Ich liebe Nevada. Warum? Sie haben hier nicht mal feste Essenszeiten! Ich traf noch nie so viele Leute, die keine Uhr besitzen. Manchmal haben sie zwei Frauen zur gleichen Zeit, aber keine Uhr. Gott segne sie.»

Roslyn lehnt ihren Kopf entspannend zurück auf die Couchlehne, während sie trinken. Ihr Rhythmus hat sich etwas verlangsamt. Ihr Lachen entgleitet nun.

Roslyn: «Wie still es hier ist!»

Ausgestreckt sagt Gay mit rückhaltlosem Ernst: «Der süßeste Ton, den es gibt.»

Sie trinken weiter. Im Zimmer ist eine himmelsähnliche Stille.

Guido: «Sechs bis sieben Kilometer von hier ist ein indianisches Geschäft» – Roslyn sieht ihn fragend an –, «wenn man etwas einkaufen will. Lebensmittel, alles. Falls Sie beschließen sollten, eine Zeitlang hierzubleiben.»

Gay, einfach, ohne jede Anspielung: «Ich würde gerne vorbeikommen und Ihnen bei der Hausarbeit helfen. Wenn Sie wollen.»

Roslyn trinkt wieder und steht auf. Sie beobachten, wie sie in der ihr eigenen, geschlossenen Welt zu einem halbleeren Bücherschrank geht. Unfähig, die Stille zu ertragen, wendet sie sich den Männern zu: «Könnten wir nicht ein Feuer machen?»

Guido: «Aber sicher! Es ist ein guter Kamin.» Er springt auf und schichtet Holz in den Kamin. Er sieht sie an, wagt ein Lächeln, dankbar für ihren Wunsch.

Sie lächelt abwesend zurück, und als sie sich von Guido abwendet, merkt sie, daß Gay diesen schweigenden Austausch beobachtet hat. Sie lächelt Gay zu, und er antwortet mit einem offenen, eindringlichen Blick. Sie sagt zu Isabelle: «Vielleicht kennen sie deinen Freund.» Zu den Männern gewandt: «Kanntet ihr je einen Mann namens Andy?»

Gay: «Andy wer?»

Isabelle: «Laß es, Liebling. Man kann nicht einen Mann suchen gehen.»

Gay: «Was tat er, lief er fort?»

«Eigentlich nicht. Er kam einfach nicht zurück.» Isabelle lacht über sich selbst. «Andy Powell? Haben Sie je ...»

«Sicher! Ein Kerl mit einem Arm. Nennen sie ihn manchmal Andy Gump?»

Isabelle, gegen ihren Willen ein wenig erregt, lacht: «Das ist er!»

Roslyn, voller Hoffnung für Isabelle, fragt Gay: «Wo ist er?»

«Ich sah ihn erst letzten Monat beim Rodeo.»

Roslyn: «Könnten Sie ihn finden, wenn ...»

Isabelle: «Liebes Mädchen, du mußt aufhören, zu glauben, du könntest die Dinge ändern.»

Eine verwirrende Protestwelle rötet Roslyns Gesicht. «Aber wenn man etwas tun könnte ... *Ich* weiß nicht was. Aber wenn ich es wüßte, würde ich es tun!»

Plötzlich merkt sie, daß die drei still auf sie blicken, auf sie blicken, als ob sie sie auf geheime Weise herausgefordert hätte. Gays Interesse hat sich verstärkt; Isabelle fühlt sich ein wenig beschämt und hilflos. Guido ist von diesem Gefühlsausbruch leicht erschreckt und fühlt sich zu ihr hingezogen. Weil niemand die Bedeutung, wie sie sie meint, erfassen kann, sagt sie fast lachend: «Gibt es hier einen Plattenspieler oder ein Radio? Laßt uns ein wenig Musik machen.»

Guido: «Wir haben keinen Strom.»

Roslyn: «Und wie steht es mit dem Autoradio?»

Gay: «Wer sonst hätte daran gedacht! Stell es an, Guido.»

Guido: «Sie haben immer Ideen, nicht wahr?» Er läuft erregt hinaus und hoppst auf den Boden.

Gay: «Noch ein Glas, Roslyn? Es wird das erste warm halten.»

Roslyn: «Gerne.»

Man hört, wie der Motor draußen angelassen wird. Mit jugendlicher Energie steht Isabelle auf und steuert zur Küche. «Ich glaube, ich werde belegte Brote machen, was meint ihr?»

Roslyn: «Okay.»

Isabelle geht in die Küche. Gay, nahe bei Roslyn, gießt ihr Glas voll und sagt in ganz persönlichem Ton: «Ich hoffe, Sie werden hierbleiben. Wie wär's damit?»

Ihr Gesicht erfüllt sich mit einer Traurigkeit, die sich einer seltsamen Selbstaufgabe nähert. «Warum? Was würde es ändern?»

«Es ändert vielleicht alles in der Welt, im Laufe der Zeit.»

Sie schaut mit der unverhüllten Intensität einer Suchenden auf ihn, und er weicht nicht aus. Vom Autoradio draußen hört man Jazz. Der Motor wird abgestellt. Gay berührt ihren Arm: «Wollen Sie tanzen?»

«Okay.»

Er zieht sie an sich. Er ist ein guter Tänzer. Guido kommt herein und wird durch diesen Vorgang ziemlich unvermittelt aufgehalten. Roslyn ruft über Gays Schulter Guido zu:

«Danke! Is, gib ihm ein neues Glas. Das ist ein sehr schönes Haus, Guido.»

Isabelle kommt aus der Küche. Guido geht um sie herum und zwingt sich dazu, mit Interesse das Feuer zu schüren. In seinem feuerbeschienenen Gesicht spiegelt sich ein jäher Plan. Isabelle, die mit einer Hand belegte Brote macht: «Das ist eine schöne Tanzerei, Cowboy!»

Gay: «Hey, was führen Sie mit meinen Füßen auf?»

Roslyn wird langsam etwas angetrunken, ihr Körper bewegt sich freier. «Entspannen Sie! Schließen Sie sich Ihrer Partnerin an. Kämpfen Sie nicht gegen sie.»

«*Ich* kämpfe nicht gegen sie.»

Ihre Schritte brechen aus, und sie versucht, ihn zu einem Lindy zu bewegen. Er macht es schlecht, ist aber über sich selbst entzückt.

Guido: «Was treibst du?»

Guido und Isabelle beobachten sie mit vielsagendem Lächeln.

Guido nimmt nun einen tiefen Schluck, eine eifersüchtige Spannung steigt in ihm auf. Isabelle sagt mit ruhigem Stolz zu Guido: «Sie gab Tanzunterricht, wissen Sie, bevor sie heiratete.»

«Wirklich, in einer Tanzschule?»

«So was Ähnliches, glaube ich.»

Diese Information hilft Guido, Roslyn einzuordnen. Plötzlich stellt er sich zwischen sie und Gay. «Und wie ist es mit dem Hausherrn?» In leichtem Ton zu Gay: «Hau ab, Knabe, huh!»

«Gib nur acht auf diese hübschen kleinen Füße!»

Guido sieht mit feurigen Augen auf Roslyn, eine fast lächerliche Vertrautheit in seinem Grinsen. «Oh, sie weiß auszuweichen. Fangen wir an.»

Mit einem Zusammenklatschen seiner Hände überrascht er sie alle, als er sich in einen Boogie-Lindy stürzt. Roslyn nimmt sofort und glücklich die Aufforderung an. Sie kommen einander näher, trennen sich wieder, tanzen Rücken an Rücken, und er spornt sie an, ihr Möglichstes zu leisten.

Gay: «Wo zum Teufel hast du das gelernt, Pilot?» Zu Isabelle: «Ich sah ihn überhaupt noch niemals tanzen!» Ausrufend: «Seht euch den Piloten an, was der aufs Parkett legt!»

Die Tanznummer endet, und beim letzten Takt hält Guido sie an sich gepreßt. In der Stille entwindet sie sich geschmeidig, aber entschieden – jedoch lächelnd – seinem Griff. Ihr Ausdruck ist bestrebt, den leichten Sieg in seinen Augen zu verleugnen.

Gay: «Ihr beide solltet eine Vorstellung geben! Das war gekonnt, Roslyn.»

Roslyn: «Wuh!» Keuchend, angetrunken, stakst sie zur Tür. Eine neue Tanznummer beginnt im Radio. Guido geht zu ihr, umfaßt ihre Taille und dreht sie vertraut zu sich um.

«Los, Liebling, das ist was Gutes. Ich hab schon seit Jahren nicht mehr getanzt.»

Sie tanzen nun mit schnellerem Einverständnis. Nach einem Augenblick fragt sie: «Hat Ihre Frau nicht getanzt?»

«Nicht wie Sie. Sie war nicht so graziös.»

Roslyn bleibt nahe bei ihm und schaut auf in sein Gesicht: «Warum lehrten Sie sie nicht, graziös zu sein?»

«Das kann man nicht lernen.»

«Woher wissen Sie das? Ich meine, woher *weiß* man?»

Guido ist über ihre schweifenden Gedanken verblüfft. Ablehnung verzieht sein Gesicht.

Roslyn: «Sehen Sie, sie starb und wußte nie, wie Sie tanzen können. Es ist niemandes Schuld, aber in einem gewissen Maße» – sie hält Daumen und Zeigefinger etwas auseinander – «ich will sagen, in einem gewissen Maße wart ihr euch beide fremd.»

Guido, verletzt, sein Ton fast verächtlich: «Ich will nicht über meine Frau sprechen.» Er hört auf zu tanzen.

Roslyn faßt seinen Arm. Der Jazz geht weiter, sie ist nun richtig betrunken, und eine tiefe Traurigkeit überschattet ihr Gesicht. «Ach, ärgern Sie sich doch nicht. Ich meinte, daß Sie sie alles hätten lehren können, wenn Sie sie wirklich geliebt hätten. Weil wir sterben müssen, sterben wir wirklich jeden Augenblick. Alle Ehemänner und alle Frauen sterben in jeder Minute, und sie lehren einander nicht, was sie wirklich wissen.» Sie sieht, daß er sie nicht versteht und versucht wirklich, ihn zu überzeugen. «Sie sind ein so netter Mann, Guido.» Sie streicht sich das Haar aus den Augen, um den Anblick seines vorwurfsvollen Gesichts auszulöschen, und ruft plötzlich: «Ich will Luft!»

Sie dreht sich schnell zur Eingangstür und will hinauslaufen. Gay springt von der Couch auf und faßt sie, bevor sie hinaustritt, wo die Stufe fehlt. Isabelle eilt sofort hinter ihm her.

Gay: «Sie sollten sich lieber hinlegen, Mädchen.»

Isabelle: «Kommt, laßt uns nach Hause gehen. Heben Sie sie hinunter, Cowboy.»

Roslyn: «Nein, es geht mir gut. Ich bin ganz —» Und wieder will sie hinausgehen. Guido springt herunter auf den Boden, sie fällt in seine Arme und richtet sich auf. Sie sieht ihm ins Gesicht, überrascht lachend über ihren plötzlichen Fall, als er seine Lippen auf die ihren preßt und ihren Körper an sich drückt. Sie stößt ihn weg.

Über ihnen, von der Türschwelle her, ruft Isabelle, Angst in der Stimme: «Helft mir herunter! Steig in den Wagen, Roslyn!» Roslyn stößt Guido einen Schritt zurück und wankt weg. Einen Augenblick allein, sieht sie sich um. Das Radio spielt noch immer Jazzmusik. Sie flieht in einen heißen, sehnsuchtsvollen Solotanz im hochgewachsenen Gras, und als sie zu einem großen Baum kommt, hält sie an, umarmt ihn und preßt ihr Gesicht fest an den Stamm.

Guido, Isabelle und Gay beobachten sie vom Eingang her, Verwunderung in den Gesichtern. Guido, noch immer vorwurfsvoll, macht einen Schritt auf sie zu, aber Gay stößt ihn an, und er bleibt stehen. Gay geht durch das Unkraut zum Baum und versucht sanft, Roslyn an den Schultern herumzudrehen, denn ihr Gesicht ist in ihren Armen vergraben. Als er sie berührt, kehrt sie sich um, blickt ihn an, und zu ihrer aller Erstaunen ist ihr Gesicht strahlend und lachend. Gay lächelt, aber er ist verwundert.

Roslyn: «Sie machen sich Sorgen um mich. Das ist so nett.»

Gay: «Ich bemühe mich nur, Sie schön in einem Stück zusammenzuhalten.»

Er legt seinen Arm um sie, und sie läßt sich zu ihrem Kombiwagen führen, der neben dem schäbigen Pritschenwagen Gays parkt. Neben der offenen Tür des Wagens wendet sich Gay zu Guido und will ihn ansprechen, aber Guido unterbricht ihn: «Los, du fährst sie, ich nehme deinen Lastwagen!»

Gay setzt Roslyn in den Wagen, und sie sagt: «Nein, lassen Sie Guido nicht ganz alleine. Los, Is ... fahr mit dem armen Guido.» Um Entschuldigung bittend greift sie nach Guido: «Es ist ein wunderbares Haus, Guido!»

Gay steigt zu ihr ein.

Beide Wagen fahren den Felsweg zur Autobahn hinunter, der Lastwagen voraus. Im Kombiwagen sitzt Roslyn neben Gay, ein Bein untergeschlagen, ihr Fuß berührt fast Gays Hüfte. Sie befindet sich in der vorübergehenden Stille nach einem kurzen Sturm. Mit verschwommenen Augen starrt sie auf die Hügel, die zu beiden Seiten der Straße vorbeiziehen. Sie dreht sich, um Gays Profil zu betrachten. Ruhe scheint von ihm auszugehen, ein Fehlen jeder Unsicherheit, das wie Güte ist, eine ernste Teilnahme, für die sie dankbar ist. Sie sagt: «Ich wollte ihn nicht verletzen. Habe ich es getan?»

Gay, grinsend: «Sie brachten sicherlich den kleinen Teufel in ihm zum Vorschein – es überraschte mich.» Er lacht. «Er sah komisch aus beim Tanz.» Er kichert.

Sie sind am Ende des Weges angekommen. Der Lastwagen ist nun auf der Autobahn, wendet und fährt weiter. Gay stoppt den Wagen, er sieht rechts und links auf den Verkehr, und sein Blick fällt auf Roslyn. Sie schaut ihn forschend an, der Rest eines Lächelns liegt noch auf ihrem Gesicht. «Sie sind wirklich eine schöne Frau. Es ist ... fast eine Ehre, neben Ihnen zu sitzen. Sie sind ein Glanz in meinen Augen.»

Sie lacht, weich, überrascht. «Ich fühle es wirklich so, Roslyn.» Er zieht die Handbremse und wendet sich ihrem Gesicht zu. «Was macht Sie so traurig? Ich glaube, Sie sind das traurigste Mädchen, das ich je traf.»

«Sie sind der erste Mann, der das je sagte. Gewöhnlich sagt man mir, wie glücklich ich bin.»

«Sie lassen einen Mann sich glücklich fühlen. Das ist der Grund.»

Er versucht sie zu umarmen; sanft hält sie ihn ab. «Das ist es nicht, was ich Ihnen gegenüber fühle, Gay.»

Irgendwie erfreut hält Gay ihr Kinn in die Höhe. «Verlieren Sie nicht den Mut, Mädchen – es kann noch kommen! Schauen Sie, warum versuchen Sie es nicht hier eine Weile? Wissen Sie, manchmal, wenn jemand nicht weiß, was er tun soll, ist es das Beste, einfach stillzuhalten ... und ich garantiere, Sie würden hier etwas entdecken, was Sie nicht an jeder Ecke finden werden.»

Sie fragt ihn mit den Augen.

«Vielleicht zählt es nicht viel, aber ich bin ein guter Freund.» Roslyn berührt seine Hand: «Danke!»

Ermutigt schaltet Gay schnell den Gang ein. «Lassen Sie mich zurückfahren und Ihre Sachen holen ...» Mit verstärkter Nachdrücklichkeit fährt er auf die Autobahn. «Versuchen Sie es eine Woche, schauen Sie, was geschieht.» Nach kurzem Weiterfahren: «Haben Sie je die Geschichte über den Mann aus der Stadt gehört, der auf das Land kommt? Er sieht einen Bauern vor seinem Haus sitzen und sagt: ‹Mister, wissen Sie, wie ich zurück zur Stadt komme?› und der Mann sagt: ‹Nee.› Und der Städter sagt: ‹Können Sie mir sagen, wie ich zur Post komme?› und der Kerl sagt: ‹Nee.› ‹Nun gut, wissen Sie denn, wie ich zur Bahnstation komme?› – ‹Nee.› – ‹Mister›, sagt er, ‹Sie wissen sicherlich nicht sehr viel, nicht wahr?› Und der Farmer vor dem Haus sagt: ‹Nee, aber ich bin nicht verloren.›»

Sie lachen beide. Eine gewisse Reserve in ihr löst sich, wie sie Zartheit in seinen Gefühlen spürt, eine nicht nachlassende, ihr geltende Aufmerksamkeit. Selbst wenn er sich abwendet, fühlt sie sich von seinem Blick umfaßt. Sie fragt: «Haben Sie kein Heim?»

«Aber sicher. Und nie ein besseres.»

«Wo ist es?»

«Genau hier.»

Mit einer Kopfbewegung weist er auf das offene Land. Sie blickt aus dem Fenster, um in der Mondlandschaft ein Haus zu finden, aber als sie nur die einsamen Berge sieht, betrachtet sie wieder sein Profil, angezogen von seiner Selbstgenügsamkeit. Sie wendet sich wieder der Nacht zu und versucht, einen Ruhepunkt in der weiten Öde draußen zu finden.

4

Das Ende der Nacht. Die Sterne verblassen und schwinden, die Sonnenscheibe geht über dem Meer von Hügeln auf, der Himmel fängt schnell Feuer, und das Auge saugt sich an dem runden Horizont und der friedlichen Erde. Vogelgesang, klar wie die Luft, jubiliert die Sonne in den Himmel hinauf. Das Auge, der Entfernungen müde, sucht nahe Einzelheiten; Gier wird wach. Ein Kaninchen hoppelt unter einem Salbeibusch hervor, und ein Schatten gleitet darüberhin. Gelassen schwebt ein Falke oben in immer enger werdenden Kreisen. Der Vogelgesang wird abgehackt und kreischend. Von nirgendwo tauchen Schwalben auf, um den schwebenden Jäger wegzujagen. Ein Schmetterling flattert auf einen Stein, und die Zunge eines Chamäleons zuckt heraus und schluckt ihn.

Das Sonnenlicht bewegt sich durch das Schlafzimmer von Guidos Haus, wo Roslyn schläft. Das Kreischen der Vögel scheint in ihre Träume zu dringen; ihr Gesicht spannt sich, und eine Faust ballt sich langsam. Das leere Kissen neben ihrem Kopf ist eingedrückt.

Die Tür des Wohnzimmers öffnet sich, Gay steht dort und sieht auf sie herab, sein Blick tastet die Umrisse ihres Körpers unter dem Leintuch ab. Das Bild von Guido und seiner Frau über dem Bett ist verschwunden, nur der Haken blieb. Verlangen liegt in Gays Gesicht, und der Geruch ihres Körpers haftet noch an ihm, aber seine Augen suchen, als ob sie den Dunst, der von ihr ausgeht, durchdringen wollten. Ein Wunder war geschehen und entfaltet sich noch immer in ihm, eine unerwartete Fortsetzung der Freude. Unbewußt glättet er sein Haar, und in seiner Geste liegt die Sorge, daß er nicht mehr ganz jung ist.

Sie bewegt sich unter seinem Blick und öffnet nun die Augen, er kommt und kniet neben dem Bett. Als ihre Augen sich öffnen, beugt er sich über sie und küßt sie. Sie scheint einen Augenblick lang nicht zu wissen, wo sie ist. Dann lächelt sie, ihre Augen sehen im Zimmer umher, und sie reckt sich.

«Junge, bin ich hungrig!»

«Steh auf, ich habe eine Überraschung.»

Er geht aus dem Zimmer. Sie setzt sich auf, ihr Gesicht zeigt freudige Erwartung, und sie steigt aus dem Bett.

Gay geht zum Ofen und wendet in einer Pfanne Eier. Nahebei steht ein Küchentisch, der für zwei gedeckt ist. Er wendet sich um und sieht, wie Roslyn in einem Bademantel aus der Schlafzimmertür kommt.

Sie blickt überrascht um sich. «Hast du *geputzt*?»

Sie geht umher, sieht den gedeckten Tisch, das Frühstück auf dem Ofen brutzeln und in einer Vase wilde Blumen. Etwas draußen vor der Tür fällt ihr in die Augen. Sie guckt hin und sieht einen Mop in einem leeren Kübel im Unkraut stehen. Nun wendet sie sich ihm zu. Sie ist von seinen Bemühungen gerührt. Sie eilt zu ihm an den Ofen. «Laß mich doch kochen.»

«Du setzt dich jetzt hin. Alles ist fertig.»

Er legt Eier für zwei auf und setzt sich ihr gegenüber. Sie starrt ihn an. Er beginnt zu essen.

«Tust du das immer?»

«Mhm. Es ist das erste Mal.»

«Wirklich und wahrhaftig?»

Gay nickt. Daß er dies getan hat, ist für ihn genug.

Sie beginnt zu essen. «Ooooh! Köstlich!»

Sie ißt gierig. Er beobachtet sie mit Vergnügen. «Du machst alles ganz, nein? Sogar wenn du ißt. Ich mag das gern. Frauen nippen meistens nur.»

Als Antwort lächelt sie, ißt weiter, und einen Augenblick lang fühlen sie sich verbunden. Nun sieht sie auf und sagt mit vollem Mund: «Die Luft macht einen hungrig, nicht?»

Er lacht weich. Er trinkt nun seinen Kaffee, zündet eine Zigarette an, stets bemüht, sie aus sich herauszulocken.

Sie ißt wie ein Verhungerter. Nun hält sie einen Atemzug lang inne. «Ich esse gern!» Glücklich schaut sie sich im Zimmer um. «Ich hätte nie gedacht, daß es das gleiche Haus ist. Es riecht sogar anders.»

Plötzlich läuft sie um den Tisch und küßt ihn auf die Wange. «Du hast mich gern, hm?»

Er zieht sie auf den Schoß, küßt ihren Mund und hält sie umarmt, verbirgt seinen Kopf an ihr. Sie streichelt seinen Nacken, Unbehagen steigt in ihr Gesicht, vermischt mit Glück. Er lockert den Griff. Sie steht auf, geht zur Tür und schaut hinaus auf die endlosen Hügel, den Horizont, den leeren Himmel.

«Vögel müssen tapfer sein, um hier zu leben. Besonders bei Nacht.» Sie wendet sich ihm zu und erklärt: «Weil sie so klein sind, weißt du?»

«M-hm.»

Roslyn, fast lachend: «Du glaubst wohl, ich bin verrückt?»

«Hm. Ich mach' nur so'n Gesicht, weil ich dich nicht verstehen kann.»

«Warum?»

«Ich weiß nicht... Hast du Kinder?»

Sie schüttelt den Kopf. Eine gewisse Verlegenheit scheint bei dieser Frage in ihr aufzusteigen; sie wendet sich wieder hinaus und sieht einen Schmetterling, der sich auf der Schwelle niederläßt, macht eine Kniebeuge und hält ihm ihren Finger hin, aber er fliegt fort. Sie legt sich auf den Bauch, den Kopf in der Tür. Nun sieht sie sich nach ihm um und beschließt, ihm eine Antwort zu geben.

«Ich wollte keine Kinder. Nicht mit ihm.»

«Aber er wollte?»

«Man glaubt, Kinder bringen die Menschen einander näher. Aber was geschieht, wenn sie es nicht tun? Ich habe Paare gekannt, sogenannte glückliche Ehen, und einmal...» – sie rollt sich auf die Seite und wendet sich ihm zu – «war die Frau gerade im Spital, um das Baby zu bekommen, und er besuchte mich. *Besuchte mich.* Und die wollen noch immer glücklich verheiratet sein.»

«Ich nehme an, du glaubst an wirkliche Liebe, ja?»

«Ich weiß nicht, aber irgend jemand sollte was erfinden, damit man keine Kinder kriegen kann, wenn man sich nicht liebt. Denn Kinder kennen den Unterschied. Ich wußte es immer.» Plötzlich, fast fröhlich: «Wenn du weggehen willst, es macht mir nichts aus, allein zu sein.»

Gay kommt zu ihr, kniet sich neben sie und fährt ihr mit den Fingern durchs Haar. «Seh ich so aus, als ob ich weggehen wollte?»

«Ich will nur, daß du tust, was du willst.»

«So was habe ich noch nie gesehen.»

«Was?»

«Du machst keinen Spaß. Sogar wenn du Spaß machst, machst du keinen Spaß.»

Sie lacht. «Die meisten Leute mögen das nicht.»

«Es macht mich friedlich.» Er setzt sich auf den Boden. Einen Augenblick lang sind sie still. «Weißt du, sie kommen hier heraus von New York, Chicago, St. Louis – und suchen sich einen Cowboy. Sie meinen, Cowboys sind dumm, weißt du, und erzählen ihm alles. Und sie tun alles, alles, was sie zu Haus nicht tun können. Und es ist so armselig.»

«Warum ist es armselig?»

«Der Cowboy lacht sie aus, und sie wissen es nicht. Es ist schön, jemanden zu treffen, der Achtung vor einem Mann hat.»

«Hast du je daran gedacht, wieder zu heiraten?»

«Oh, ich dachte oft daran, aber nie bei Tageslicht.» Sie lacht leicht, sein Wesen erkennend, und er grinst zustimmend.

Er wird ganz ruhig, und jeder strategische Hintergedanke in ihren Fragen und Antworten schwindet. Sein gerader, inständiger Blick weckt einen Hauch von Furcht in ihr. «Ich will dir noch das eine sagen. Ich wüßte nicht, wie ich dir adieu sagen sollte, Roslyn. Es überrascht mich.»

Die Stille scheint plötzlich wie eine anstürmende Welle zu sein, die sie ersticken will. Sie greift dankbar nach seiner Hand, aber ihre Augen schweifen in die Ferne, um sie zu beschützen.

Er sieht sich im Zimmer um. «Hier ist noch viel zu tun, wenn du 'ne Zeitlang hier bleiben willst.»

Sie ist wieder auf den Füßen und zieht ihn an der Hand in die Höhe. «Laß uns in die Sonne gehen!»

Sie lassen sich von der Schwelle zu Boden gleiten und gehen gedankenvoll durch das Gras, Hand in Hand.

«Du hast Achtung vor einem Mann. Ich kann keine Frauen ausstehen, die dauernd davon reden, was sie tun würden und was sie nicht tun würden.»

Sie lacht.

«Und sie gehen und machen es sowieso.»

Sie sitzen auf dem Holzhaufen. Sie sieht in den blauen wolkenlosen Himmel. «Mach ich dich wirklich friedlich?»

Er nickt. «Ich möchte gern wissen, ob du bleibst oder weggehst.»

Sie bückt sich nach einem Kieselstein und putzt die Erde ab.

«Wenn ich mich erst selber kenne, sag' ich's dir. Okay? Laß uns einfach leben – wie du es in der Bar sagtest!» Entschuldigend, mit einem kleinen Lachen: «Ich weiß noch nicht, wo ich bin – verstehst du?»

Sie steht vom Holzhaufen auf, und zufällig fallen ihre Augen auf einen Betonblock im Gras. Sogar für diesen kleinen Ausweg dankbar, tanzt sie fast dahin. «Sieh doch! Können wir den nicht als Stufe verwenden?»

Er geht hin und hebt den Block auf. «Möglich.» Er geht die wenigen Meter bis zur Eingangstür und setzt den Block vor ihr ab. «Da, bitte.»

«Laß mich's ausprobieren.» Sie eilt und läuft die Treppe hinauf ins Haus, dreht sich dann um und springt wieder herunter. «Es ist vollkommen! Ich kann hineingehen und wieder herauskommen.» Wieder springt sie ins Haus und heraus, und ihre reine Begeisterung rührt ihn, und er lacht überrascht wie ein Junge. Sie fühlt sein naives, ursprüngliches Gefühl, und in plötzlicher Dankbarkeit und Hoffnung ruft sie aus: «Oh, du bist ein lieber Mann, Gay!» Er küßt ihren noch sprechenden Mund, als sie wieder tanzend zur Tür herauskommt.

5

Rund um das Haus gab es Unkraut, Blöcke eingetrockneten Zements und Schollen nackter Erde. Gay hackt nun in einem neuangelegten Gemüsegarten nahebei, Blumen sind rund um die Felsen gepflanzt, ein umgefallener Zaun ist repariert worden, und ein Schlauch spritzt Wasser über das frische Gras. Schweiß tropft von seinem Kinn, während er mit der Haue den Boden um die jungen Gemüsesetzlinge lockert. Ein tiefes Brummen am Himmel läßt ihn aufschauen. Der Lärm wird stärker. Er dreht sich im Kreis.

Roslyn erscheint in der Tür und kommt auf ihn zu, in der Hand einen Krug Limonade und ein Glas. Das Dröhnen senkt sich über sie. Als sie ihn erreicht, steigt ein kleiner Doppeldecker steil über den First des Hauses empor und wackelt mit den Tragflächen. Gay schreit: «Guido!» und winkt. Das Flugzeug kurvt über das abfallende Tal, und sie winkt auch. Es verschwindet.

Roslyn: «Wohin fliegt er?»

Gay: «Scht.» Er lauscht. Sie sieht ihn fragend an. «Vielleicht landet er dahinten. Da gibt es einen Platz.» Sie lauschen weiter. «Ich glaube nicht. Wahrscheinlich wollte er nur guten Tag sagen.»

«Hier, trink ein bißchen Limonade.»

«Danke.» Er nimmt das Glas und trinkt, sie sitzt auf einem Stein.

«Was treibt er eigentlich, nur so herumfliegen?»

Er gibt ihr das Glas zurück und zieht einen Splitter aus seiner Handfläche. «Vielleicht jagt er Adler. Ab und zu mieten die Viehzüchter Guido, damit er die Adler abschießt.»

«Warum?»

«Sie töten eine Menge Lämmer. Für jeden Vogel bekommt er fünfzig Dollar. Es ist eine gute Arbeit.»

«Warum kommt er eigentlich nie hierher? Ich hoffe, er ist mir nicht böse.»

«O nein. Frauen bedeuten ihm nicht viel. Wahrscheinlich verbringt er seine Zeit damit, Comic-Strips zu lesen, das ist alles.»

Er bearbeitet wieder den Boden. Auf dem Stein hockend, scheint sie mit der Sonne und der Erde eins zu werden, versunken in seinen Anblick, und beobachtet, wie seine Hacke den Boden um die Pflanzen lockert. Dank seiner Erfahrung spürt er, wieviel er ihr bedeutet, und winkt ihr zu.

Sie lächelt und hört auf, ihn anzustarren. «Ich hab dich gern, Gay.»

«Das ist eine gute Nachricht.»

«Hast du mich gern?»

«Na ja, es hat fast 32 Grad hier draußen, und ich arbeite zum ersten Mal in einem Garten, seit ich zehn Jahre alt war, also muß ich dich wohl ziemlich gern haben.»

Sie streckt ihre Hand aus und berührt eine Pflanze.

«Ich habe noch nie wirklich was wachsen sehen. Wie winzig die Samen waren, und doch wissen sie, daß sie Salat werden sollen.»

«Du sagst die verrücktesten Sachen, weißt du das?»

Sie lachen leise. Er bearbeitet den Boden. Nun sieht sie nach den fernen Hügeln. Sie ist fast zufrieden; sie weiß, sie kann wohl zufrieden sein, aber irgend etwas nagt an ihr, und sie lauscht darauf.

«In Chicago ist jeder beschäftigt.»

Er sieht sie an und versteht nicht ganz, was sie meint, aber diese Stimmung ist ihm lieb, und so läßt er es dabei.

«Sehnst du dich nie nach deinen Kindern?»

Einen Augenblick lang arbeitet er schweigend weiter; es kann Zurückhaltung sein oder eine schlimme Erinnerung. Sie will das Thema wechseln, aber nun spricht er.

«Ich sehe sie ein paarmal im Jahr. Sie kommen immer, wenn ich in einem Rodeo bin. Ich bin Fänger.» Er arbeitet noch einen Augenblick weiter, bückt sich und wirft einen Stein aus dem Garten. «Manchmal bekomme ich Sehnsucht. Natürlich.»

«Sie müssen dich gern haben.»

«Ich glaube ja. Meine Tochter ist fast so groß wie du. Hast du Größe 12?»

«Mhm!»

«Sie auch. Ich habe ihr zu Weihnachten ein Kleid gekauft. Größe 12.»

Behende springt sie auf und geht zu ihm; ihre Bewegung ist gebieterisch und überraschend. Sie umarmt ihn und küßt ihn leidenschaftlich. Ihr Gesicht ist sehr ernst, fast schmerzlich. Er läßt die Hacke los. Roslyn sieht, daß er bestürzt ist. «Mach weiter, arbeite.» Sie geht wieder zu ihrem Stein zurück und setzt sich. Er hackt weiter. «Was geschah? Hast du einfach aufgehört, deine Frau zu lieben?»

Er spricht in lebhafter Erinnerung, und es ist ihm unbehaglich, sich darüber auszulassen. «Also... eines Abends kam ich nach Haus und fand sie in einem Auto mit einem Kerl. Ich entdeckte, daß er einer meiner alten Freunde war. Ein Vetter von mir.»

«Huh! Und du hattest vorher keine Ahnung?»

Er wird so rot, daß sich seine Augen zusammenziehen. «Himmel, nein! Damals dachte ich noch, man heiratet, und das ist alles. Aber nichts ist. Nicht für immer.»

«Das ist es, woran ich mich nie gewöhnen konnte – alles ändert sich ständig, nicht?»

Gay stützt sich auf seine Hacke und sieht zu ihr hinüber. «Die haben dich mächtig zum Narren gehalten, nicht?»

Mit einer gewissen Scham, die ohne Selbstmitleid ist, flüstert sie: «Ja.»

«Also laß uns sehen, ob es diesmal nicht anders wird. Du fährst nicht irgendwohin?»

«Ich bin hier.»

«Gut, lassen wir es dann so für jetzt. Okay?»

«Wie lieb du bist. Du wurdest nicht böse auf mich.»

Wieder küßt sie ihn schnell, und erfüllt von einer unaussprechlichen Erleichterung, einem Gefühl, daß ihr irgendwie verziehen wurde, schlägt sie die Hände zusammen, das Gesicht dem Himmel zugewandt und auf Zehenspitzen: «Ich liebe dies ganze Land!»

Sie lacht über sich selbst, und er grinst überrascht. Sie hebt seine Hacke auf und gibt sie ihm, als ob sie sein gegenwärtiges Bild festhalten wollte. «Hier. Ich sehe es gern, wenn ein Mann um sein Haus herum arbeitet.»

Aber seine Augen haben etwas auf dem Boden entdeckt. Er bückt sich zu einer Pflanze. «Was haben wir denn hier?»

Er hebt ein paar angenagte Blätter eines Salatkopfes auf. Nun wendet er sich um und sieht einige andere beschädigte Pflanzen weiter oben in der Reihe. Er untersucht die Büsche am Rande des Gartens.

«Es ist nur so'n olles Kaninchen, und ich werde es erwischen!» Er läßt die Hacke fallen, geht zum Lastwagen, der neben dem Haus steht, und ruft: «Margaret, komm her!»

Der Hund kommt um eine Ecke, lebhaft und eifrig. Gay geht zu seinem Lastwagen und holt hinter dem Sitz eine Schrotflinte und eine Handvoll Patronen hervor. Er lädt das Gewehr, als Roslyn zu ihm kommt, noch immer den Limonadekrug in der Hand. Sie versucht, ein Lächeln aufzusetzen, aber ihre Angst ist unverkennbar.

«Vielleicht werden sie nichts mehr anknabbern.»

Gay, mit seinem Gewehr beschäftigt, begierig nach der Jagd, sagt schnell, was er darüber weiß: «Nein, Madame. Haben sie ihre Aufmerksamkeit einmal auf diesen Garten gerichtet, dann heißt es: sie oder wir. Ende der Woche würde nichts mehr übrig sein.»

Er geht mit seinem Gewehr an ihr vorbei. Sie berührt seinen Arm. Sie versucht, die Angst zu unterdrücken, ihr versagt die Stimme. «Könnten wir nicht noch einen Tag abwarten und zusehen? Ich kann's nicht ertragen, etwas zu töten, Gay.»

«Liebling, es ist doch nur ein Kaninchen.»

«Aber es lebt, und ... es weiß es nicht anders, nein?»

«Nun geh ins Haus und laß mich –»

Sie greift nach seinem Arm, ihre Hartnäckigkeit erstaunt ihn. «Bitte, Gay! Ich weiß, wie hart du gearbeitet hast –»

«Verflucht recht hast du, hart habe ich gearbeitet!» Er deutet ärgerlich auf den Garten und versucht zu lachen. «Ich habe das noch nie in meinem Leben für jemanden getan. Und ich habe es gewiß nicht für irgendein glotzäugiges Kaninchen getan!»

Er geht in den Garten, den eifrigen Hund auf den Fersen. Sie versucht ins Haus zu gehen, aber es treibt sie, ihm zu folgen. Ein wenig atemlos nun, den eisgefüllten Krug noch in der Hand: «Gay, bitte höre.»

Gay wendet sich nun ihr zu, lächelnd, aber die Augen voll Ärger. «Du gehst nun ins Haus und hörst auf, dumm zu sein!»

«Ich bin nicht dumm!»

Er macht sich wieder auf den Weg, sie ruft: «Du hast keine Achtung vor mir!»

Gay dreht sich um, plötzlich wütend, mit rotem Gesicht. Sie bittet: «Gay, mir ist der Salat nicht so wichtig.»

«Mir ist er es! Wie wäre es mit etwas Achtung vor mir?»

Ein Geräusch hinter dem Haus läßt die beiden sich umdrehen. Gay geht einige Schritte zu der einen Ecke, als Guido auf dem Pfad, der den Hügel hinterm Haus hinanführt, erscheint und Isabelle hilft. Sie trägt die Armschlinge nicht mehr, aber ihr Arm ist noch immer bandagiert.

Roslyn läuft mit großer Erleichterung und Freude auf sie zu. «Isabelle, Guido, wie geht es euch?»

Isabelle: «Liebling!»

Die Frauen umarmen sich. Gay kommt und schüttelt Guido die Hand, glücklich über den Besuch. «Wie geht es dir, alter Junge? Wir haben dich gar nicht landen gehört.»

Isabelle hält Roslyn vor sich. «Kind, du siehst blühend aus.» Guido hat den Platz angesehen und geht nun einige Schritte, um einen besseren Überblick zu bekommen. «Bin ich am richtigen Ort?» Seine Stimme schlägt in Kichern um.

Roslyn ist ausnehmend freundlich zu ihm, und Guido ist, trotz seiner konventionellen Bemerkungen, von dem, was er sieht, gerührt.

«Hast du den Gemüsegarten gesehen?» Roslyn dreht sich um und zieht Gay heran, damit er im Mittelpunkt steht. «Gay tat es. Er brauchte eine ganze Woche, nur um den Boden umzugraben.»

Gay kommt an ihre Seite, und jetzt, da ihr Gefühl für ihn zurückgekehrt ist, legt er seinen Arm um ihre Taille. Mit trockenem Stolz: «Mähte das Gras und setzte auch die Blumen ein. Es gelang mir sogar, deine Fenster wieder zu öffnen, und dein Kamin raucht nicht mehr.»

Guido wendet sich von Gay zu Roslyn. Man spürt eine leise Ablehnung gegen die beiden, aber zugleich scheinen seine Augen von einer Vorstellung, die weit über sie hinaus geht, erfüllt zu sein. «Roslyn, du mußt eine Zauberin sein. Das einzige, was dieser Kerl je für eine Frau tat, war, die Eiswürfel herauszuholen.»

Sie lachen alle und versuchen, sein offensichtliches Unbehagen zu verwischen.

Roslyn, die auf die Gartenmöbel zeigt, und Gudios Arm nimmt: «Wir haben sogar Stühle! Komm, setz dich!»

Gay hält sie auf. «Zeigen wir ihm zuerst das Innere. Warte, bis du das gesehen hast, Guido! Ich stellte die Möbel so oft um, bis es mir zum Hals raushing.»

Er und Guido gehen zur Tür. Roslyn und Isabelle folgen. Die Männer treten ins Haus.

Isabelle: «Liebling, du siehst wunderbar aus. Du hast dich selbst gefunden, nicht?»

Roslyn versucht ihre eigenen Vorbehalte zu zerstreuen und umarmt Isabelle. «Ich freue mich so, daß du gekommen bist. Schau, wir haben jetzt eine Stufe.»

Sie führt Isabelle in das Haus. Isabelle wirft beim Hinaufsteigen einen bewundernden Blick auf das Blumenbeet neben der Treppe. «Gib auf deinen Arm acht — wie geht es ihm?»

«Er ist noch so schwach wie der Flügel eines Vogels, aber —» Als sie ins Wohnzimmer tritt, unterbricht sie sich. «Wirklich, noch nie in meinem Leben ...»

Guido und Isabelle sehen sich jede Einzelheit im Zimmer an. Indianische Decken bedecken die früher nackten Balken. Wilde Blumen leuchten auf Tischen und Fensterbänken. Die Möbel sind umgestellt, gereinigt. Die Fenster, die neue Vorhänge tragen, sind nicht mehr von Staub und Spinnweben verschmutzt, und der Kamin ist ganz weiß. Man fühlt sich hier geborgen.

Isabelles Augen füllen sich mit Tränen. «Also! Uff! Es ist wie verzaubert.» Sie sieht Roslyn an, dann wendet sie sich zu Gay und macht ihm fast einen Vorwurf. «Ich hoffe nur, du weißt, daß du endlich einer wirklichen Frau begegnet bist.» Plötzlich wirft sie ihre Arme um Roslyn. «Oh, mein Liebling!»

«Komm, sieh dir das Schlafzimmer an. Komm, Guido.» Roslyn zieht die beiden zum Schlafzimmer. «Ich hoffe, es macht dir nichts aus, daß wir die Sachen etwas umstellten ...»

Gay öffnet mit einer Erregung, die er früher nicht kannte, den Kühlschrank und nimmt Eiswürfel heraus. Roslyn, Guido und Isabelle betreten das Schlafzimmer. Auch dieses ist verwandelt, frisch ausgemalt, mit hellen Vorhängen, einem Teppich auf dem Boden, einigen Pflanzenbildern an den Wänden, einem Frisiertisch, einer farbenfreudigen Decke über dem Bett. Guido sieht sich um, und seine Augen fallen auf die Stelle über dem Bett, wo das Bild von ihm und seiner toten Frau hing. Jetzt hängt dort die Reproduktion einer Western-Landschaft.

Roslyn folgt seinem Blick. «Oh! Ich hängte dein Bild in das Wohnzimmer!»

«Mhm. Habt ihr einen Schrank hereingestellt?»

«Gay tat es.»

Sie öffnet die Tür des Schrankes, um ihn ihm zu zeigen. An der Innentür sind ein halbes Dutzend Photos von ihr angeheftet. Es sind Mädchenphotos für den Eingang eines zweitklassigen Nachtclubs: sie, in Netzstrümpfen, auf dem Rücken, in bizarren Kostümen. Erst jetzt wird ihr klar – weil er errötet, als er die Photos sieht –, daß sie sie ihm nun gezeigt hat.

«Oh, die sind dumm, sieh sie dir nicht an.» Sie schließt die Tür. Er sieht aus, als schäme er sich für sie: verwirrt. «Gay hing sie zum Spaß auf. Komm. Laß uns tüchtig trinken!»

Sie führt sie ins Wohnzimmer und geht weiter zur Küche, um etwas Gebäck und ein Stück Käse auf einem Teller zu arrangieren. Gay kommt mit den Getränken.

Guidos Gesicht ist rot, er versucht seinen Neid niederzukämpfen. «Mensch, diesmal hast du sicher das große Los gezogen.»

Roslyn ruft mit freudiger Stimme aus der Küche: «Setzt euch alle. Ich habe wunderbaren Käse. Es ist so schön, Besuch zu haben!»

Sie verteilen sich auf die Couch und die Stühle, aber sie eilt zu Guido, der sich auf die Couch setzen will. «Nein, setz dich dort in den großen Sessel», und führt ihn, der noch verlegen ist, zu dem größten Sessel im Zimmer. «Dies muß doch dein Sessel gewesen sein, nicht?»

«Er war's wirklich. Ich arbeitete immer in diesem Sessel, als ich noch ehrgeizig war.» Er sitzt steif da, wie jemand, der unbestimmt fühlt, daß er bedroht wird, während man ihn bedient.

Sie eilt in die Küche zurück. «Vielleicht wirst du wieder ehrgeizig, man kann nie wissen. Ich bringe euch etwas Käse.» Sie nimmt den Käseteller, kehrt zu Guido zurück und deutet auf das Hochzeitsphoto auf einem Tisch. «Ich stellte dein Bild dorthin – ist das recht?»

«Oh, du brauchst es nicht offen hinzustellen, Roslyn.»

«Warum nicht? Es ist ein Teil des Hauses, Guido. Weißt du?» Sie stellt den Teller nieder, setzt sich neben Gay auf die Couch und nimmt ihr Glas vom Tisch, wo er es für sie hinstellte. Nun sitzen sie alle. «Ich meine, es ist noch immer dein Haus. Hier, Isabelle, leg deinen Arm darauf.» Sie springt mit einem Kissen von der Couch und legt es unter Isabelles bandagierten Arm.

«Ach, kümmere dich nicht um mich, Liebling.»

«Warum? Du kannst ebensogut bequem sitzen.»

Roslyn geht wieder zur Couch und setzt sich neben Gay, als Guido zu sprechen anfängt. Seine Stimme ist plötzlich gewichtig. «Ich will dir was sagen, Roslyn.» Mit einem angestrengten, entschuldigenden Grinsen, das den Nachdruck seiner Worte mildern soll: «Ich hoffe, es macht dir nichts aus, Gay, daß ich dies Mädchen liebe, und du sollst es wissen.»

Gay legt besitzergreifend leicht einen Arm um Roslyns Schulter und grinst. «Du wärst ja verrückt, wenn du es nicht tätest.»

Guido sieht Roslyn an. Es breitet sich eine Förmlichkeit aus, die von Selbstmitleid erfüllt und seltsam gefährlich ist. «Ich verbrachte vier Jahre im Krieg: zwei Feldzüge. Fünfzig Flüge. Und jedesmal, wenn ich zum Flugplatz zurückkam, fing ich an, dies Haus zu entwerfen. Aber irgendwie brachte ich es nie dazu, daß es so aussah, wie ich es mir vorstellte. Und nun ist es fast der Fall. Du kommst einfach herein, ein Fremdling von irgendwoher, und zum ersten Mal leuchtet es. Und ich bin sicher, ihr wißt auch, warum.»

Roslyn, mit schwacher Stimme angesichts seines leidenschaftlichen Gefühls: «Warum?»

«Weil du die Gabe des Lebens hast, Roslyn. Du willst wirklich leben, nicht?»

Sein erbarmungsloser Ernst hüllt das Zimmer in Schweigen.

Roslyn: «Tut das nicht jeder?»

Guido blickt auf das Bild: «Nein! Ich glaube, die meisten... suchen nur einen Platz, wo sie sich verstecken und alles beobachten können.»

Isabelle: «Amen!»

Guido hebt sein Glas und beharrt weiterhin auf seiner Förmlichkeit: «Auf dein Leben, Roslyn – ich hoffe, es wird ewig dauern.»

Rasch beugt sie sich hinüber und stößt mit seinem Glas an. «Auf deins. Und auf deins, Isabelle.» Und mit einem ganz schwachen Hintergedanken: «Und auf deins, Gay.»

Man bemerkt ein leichtes Zusammenzucken Gays, das Bewußtsein, daß er sacht beiseite geschoben worden ist. Sie trinken.

Roslyn rückt näher an Gay heran. «Gay machte die ganze Arbeit, wißt ihr.»

«Ja, und die Kaninchen haben wirklich ihre Freude dran.» Er grinst und legt erst jetzt seinen Arm um sie.

Guido erkennt die Versöhnung nach einem Streit und spielt den Unwissenden, aber in seiner Frage klingt Herablassung: «Glaubst du, dem Paradies lange genug entfliehen zu können, um Mustangs zu fangen?»

«Mustangfangen?» Gays Blicke werden scharf. «Nun sag schon was. Warst du oben in den Bergen?»

«Ich habe mir's heut' morgen mal kurz angesehen. Ich sah fünfzehn Pferde.»

«Das ist nicht schlecht. Ich würde gern mal wieder 'n Strick in der Hand halten. Was meinst du?»

Isabelle wendet sich kopfschüttelnd an Roslyn: «Ich werde Cowboys nie verstehen. Ganz verrückt nach Tieren, aber sobald sie nichts zu tun haben, rennen sie in die Berge, um diese armen, wilden Pferde zu belästigen.» Leidenschaftslos zu den Männern: «Schämt euch.»

Roslyn: «Pferde?»

Gay: «Aber ja, Liebling. Nevada-Mustangs. Früher schickten wir sie überall in die Vereinigten Staaten. Doch das ist nun ziemlich vorbei.» Er wendet sich wieder zu Guido: «Wir müssen noch einen dritten Mann finden.»

«Heute ist Dayton-Rodeo. Da könnten wir wahrscheinlich irgend jemand finden.»

«Hey, das ist eine Idee! Roslyn, hast du noch nie ein Rodeo gesehen?»

Isabelle: «Oh, du mußt ein Rodeo sehen!»

Roslyn: «Ich würde es gern sehen. Wenn du mitkommst, Is.»

«Von mir aus.»

Roslyn springt auf. «Ich muß mich schön machen.» Schnell sieht sie Gay an. «Laß uns heute lustig sein!»

Gay: «Das ist ein Mädchen! Fang an!» Er steht auf und schiebt sie zum Schlafzimmer. Als sie gehen will, ergreift er ihre Hand, und sie dreht sich zu ihm um; ihr Gesicht erwärmt sich, weil sie wieder seine Verbundenheit mit ihr spürt. «Süßes, wenn du lächelst, ist es, als ginge die Sonne auf.»

Er läßt sie gehen, und sie eilt ins Schlafzimmer.

6

Die vier im Kombiwagen schweigen, als sie auf der leeren Autostraße in die Sonne fahren. Gay lenkt den Wagen, eine Hand liegt auf Roslyns Schenkel über dem hellen, fließenden Seidenkleid.

Hinter ihnen zwinkert Guido von Zeit zu Zeit. «Ich würde gern zu Hause anhalten, um mich etwas zu waschen...» Er spürt seine Bartstoppeln, wenn er auf Roslyns gebürstetes Haar blickt.

Sie dreht sich zu ihm um: «Warum, du siehst auch so gut aus, Guido. Nicht wahr, Is?»

«Besser als viele, die ich gekannt hab'.»

Guido lächelt launisch. «Du bist ein ganzer Haufen Komplimente, Isabelle. Hey! Haltet!» Er faßt Gays Schulter, wendet sich gleichzeitig auf seinem Sitz und sieht sich nach etwas um, an dem sie vorbeifuhren. «Stop!»

Gay bremst den Wagen, und Guido zeigt auf eine Bar an der Tankstelle. «Der Mann dort neben der Telephonzelle. Ich glaube, es ist der Junge aus Kalifornien. Fahr zurück.»

Gay dreht sich um und steckt den Kopf zum Fenster raus. «Welcher Junge?»

«Dieser, wie heißt er doch? – der Rodeo-Reiter, der mit dir beim Stinson-Rodeo letztes Jahr zusammenarbeitete.»

«Perce Howland?» ruft Gay aus und fährt die Autostraße schnell im Rückwärtsgang entlang.

Perce Howland sitzt auf seinem Sattel, den Rücken an eine gläserne Telephonzelle neben der Autobahn gelehnt. Er stützt das Kinn in die Hände, seine Augen starren auf den nackten Boden. Als er den rückwärts fahrenden Wagen bemerkt, schaut er mit schläfrigen Augen zu ihm hin. Er ist Ende zwanzig, ein wilder Pferdezureiter – das heißt ein nirgendwo Ansässiger, der meistens in den Kleidern schläft, am selben Nachmittag reich und wieder arm ist, in den Hallen kleiner Hotels gefeiert wird, wo er einen Monat zuvor wegen Herumlungerns rausgeworfen wurde. Er hat noch nicht das Blumenkohlohr, den fehlenden Schneidezahn oder das Glasauge seiner Artgenossen, aber das Gesicht ist genäht worden, und seine Knochen waren gebrochen.

Er beobachtet den auf der leeren Straße herannahenden Wagen, und in seine Augen tritt wieder der erwartungsvolle, suchende Ausdruck. In seinen eigenartig behutsamen Bewegungen liegt eine Naivität, eine Jungenhaftigkeit, die in sich eine Kraft ist.

Ein breites, frohes Lächeln strahlt in seinem Gesicht auf, als er durch das Seitenfenster des Autos blickt, das vor ihm hält. Er erhebt sich und geht zum Wagen. «Gay Langland! Du alter Geier, du!»

Gay faßt seinen Arm: «Warum sitzt du hier draußen?»

«Ich hielt ein Auto an, um zum Dayton-Rodeo zu fahren, aber der Kerl besann sich anders und ließ mich hier. Hey, Pilot, wie geht's? Junge, es ist prima, euch zwei Lumpen wiederzusehen!»

Gay zieht Roslyn näher zum Fenster. «Ich möchte dir diesen Jungen vorstellen, Roslyn. Es ist Perce Howland.»

Sie nickt.

Perce nimmt seinen Hut ab. «Also, der alte Gay kommt in der Welt voran. Wie geht's, Madame?» Er schüttelt ihr die Hand. Er zeigt eine leicht verlegene Schüchternheit. Er betrachtet sie als eine von Gays vorübergehenden, geschiedenen Frauen.

Guido will ihm Isabelle vorstellen, als das Telephon in der Zelle läutet. Er eilt hin und setzt seinen Hut sorgfältig auf, als ob dort jemand auf ihn wartete. «Entschuldigt. Ich versuchte, zu Hause anzurufen, aber sie verbinden mich dauernd mit Wyoming!»

Er geht in die Telephonzelle und schließt die Tür. «Hallo, Ma? Perce, Ma.»

Die vier im Wagen sitzen schweigend und hören auf seine gedämpfte Stimme.

«Hallo? Bist du dort? Hier ist Perce, Ma. Ich bin okay. Nein, ich bin jetzt in Nevada. Ich *war* in Colorado. Habe ein anderes Stierreiten gewonnen, Ma. Hundert Dollar. Ja, ein wirklich gutes Rodeo. Ich wollte dir mit dem Geld ein Geburtstagsgeschenk kaufen, aber ich fiel schon aus meinen Schuhen... Nein, Ma, seit ich es dir gesagt habe war ich nicht mehr im Spital. Ich kaufte nur ein Paar Stiefel, das ist alles, Ma.» Erstaunt: «Warum in aller Welt sollte ich heiraten! Ich kaufe *nur*...» Er unterbricht sich. «Warum versuchst du nicht, mir ab und zu zu glauben. Jeder würde sich dann wohler fühlen. Mhm?» Offensichtlich schimpft sie mit ihm. «Okay, okay, es tut mir leid.» Er versucht einen leichteren Ton anzuschlagen: «Zusätzlich zum Preisgeld gaben sie mir eine silberne Gürtelschnalle.» Er hält die Schnalle seines Gürtels ans Telephon. «Darauf ist ein bockendes Pferd und darunter steht mein voller Name. Bist du nicht stolz?» Sein Lächeln verschwindet, er berührt seine Wangen. «Nein, nein, mein Gesicht ist ganz verheilt, wie neu. Du wirst mich auch wiedererkennen! Hallo Fräulein! Mutter? Grüß Frieda und Victoria, ja?» Stille. Er erhält strenge Anweisungen, und seine Geduld verläßt ihn. Er öffnet die Tür, um etwas Luft zu schnappen. Der Schweiß brennt in seinen Augen. «Okay, grüß ihn auch. Nein, Ma, es ist mir einfach entfallen, das ist alles... Okay, ich sage es jetzt.» Einem Ausbruch nahe: «Also, du hast ihn geheiratet, nicht ich. Laß ihn grüßen. Vielleicht rufe ich Weihnachten an... Hallo? Hallo?» Die Verbindung ist unterbrochen, aber mit einem tiefverstörten Murmeln fügt er hinzu: «Gott segne auch dich.»

Sein finsterer Blick schwindet, als er auf den Gehsteig tritt. Er ist ein bißchen verlegen, weil er so viel Bewegung vor den anderen gezeigt hat, und er versucht zu lachen, während er den Kopf schüttelt und das Gesicht abwischt. «Ihr fahrt nicht zufällig zum Dayton-Rodeo, wie?»

Guido: «Warum? Hast du dich angemeldet?»

Perce: «Ich möchte es tun, wenn ich hinkommen kann... und wenn ich irgendwo die zehn Dollar für den Eintrittspreis finden kann... und wenn mir jemand ein Pferd borgen kann, wenn ich hinkomme.» Er lacht. «Ich bin wirklich ausgerüstet!»

Gay: «Was hältst du davon, mit uns auf Mustangfang zu gehen? Wir brauchen einen dritten Mann.»

Perce: «Junge, fliegst du noch immer dieses Fünf-Dollar-Flugzeug?»

Guido: «Viel sicherer als ein bockendes Pferd.»

Perce: «Viel höher auch, wenn man herunterfällt.»

Roslyn: «Ist dein Flugzeug so schlecht?»

Gay: «Mach dir um ihn keine Sorgen, Liebling.»

Roslyn, lachend: «Nun, ich fragte ja nur.»

Gay, zu Perce und Guido: «Wenn sie erst anfängt, sich Sorgen zu machen, dann sorgt sie sich richtig.»

Perce ist überrascht von ihrer Ausstrahlung. «Dazu hätten Sie wirklich ein Recht, wenn Sie diesen DC-sechs-und-sieben-Achtel sähen, den er fliegt. Ich wußte nicht, daß es hier herum noch Mustangs gibt.»

Guido: «Ich habe heute morgen fünfzehn gesehen.»

Gay, schnell: «Es können auch gut mehr sein.»

Perce: «Was bekommt ihr schon für fünfzehn.» Er lacht, ohne zu wissen, warum. «Wenn es der tausend gäbe oder so, würde es einen Sinn haben. Aber nur um fünfzehn Pferde zu fangen, da hinaufzugehen... Ich meine die Idee, versteht ihr. Ich find's verrückt.»

Seine Empfindlichkeit überträgt sich auf Roslyn. Sie scheint dankbar zu sein, daß er da ist.

Gay: «Es ist besser als Lohnarbeit, nicht?»

Perce: «Verflixt! Alles ist besser als Lohnarbeit.»

Gay: «Ich sag' dir was. Wir fahren dich runter zum Rodeo, zahlen die zehn für den Eintritt, und ich versuch' für dich einige gute Pferde auszuborgen. Du kommst morgen mit uns und hilfst uns, die Mustangs zu fangen.»

Perce denkt einen Augenblick nach, dann sagt er: «Und du kaufst dort gleich eine Flasche guten Whisky, damit ich in Form komme?»

Gay: «Warte hier.» Er geht in die Bar und steckt die Hand in die Tasche.

Perce wendet sich Roslyn zu, gespannte Neugier und Erregung im Gesicht. Er kann sie nicht einordnen. «Sind Sie... eine alte Freundin von Gay?»

«Ziemlich alt.»

Er nickt leicht, dreht sich ungeschickt um, als ob er dem Unlösbaren entfliehen wollte, und geht seinen Sattel holen, um ihn im Wagen zu verstauen.

7

Sie fahren durch eine andersartige Landschaft. Es gibt nicht einmal mehr Salbei, nur noch unfruchtbare, weiße Salzwüste. Es ist Mittag.

Gay sitzt am Lenkrad, Roslyn an seiner Seite, Guido und Perce hinten. Guido hat die Whiskyflasche an die Lippen gesetzt. Sie sind alle etwas angetrunken. Guido reicht Roslyn die Flasche über die Schulter. Sie trinkt schweigend, gibt sie dann Gay, der einen Schluck nimmt und sie zurückgibt. Guido läßt seinen grübelnden Blick nicht von Roslyn. Sie macht eine halbe Drehung und reicht die Flasche Perce; der trinkt, hält sie dann auf den Knien und starrt auf die weiße, vorbeigleitende Einöde.

Ihre Augen sind vor dem grellen Licht zusammengekniffen. Sie sind eine lange Zeit gefahren. Jetzt überholt Gay einen Pferdetransport-Anhänger, der an einen neuen Wagen gekoppelt ist, und als sie vorbeifahren, lehnt Perce sich aus dem Fenster und winkt dem Cowboy-Fahrer zu, der einen Stetson-Hut trägt. Dann spricht er zu Roslyn und nimmt damit die eingeschlafene Unterhaltung wieder auf.

Perce: «Ich habe diesen Arm zweimal an der gleichen Stelle gebrochen. Das kann man nicht, wenn man nur vorgibt zu fallen, wissen Sie. Ich täusche niemals was vor. Manche von diesen Reitern lassen sich fallen und liegen da, als ob sie mausetot wären. Nur um Eindruck zu schinden. Ich mache nichts vor, nicht wahr, Gay?»

Gay: «Das stimmt. Du bist einfach von Natur aus ein verdammter Narr.»

Roslyn: «Warum? Das ist wunderbar ... so zu sein.» Zu Perce: «Ich weiß, was Sie meinen. Ich habe an Orten getanzt ... und jeder sagte, ich wäre verrückt. Ich meine, ich versuchte es wirklich, verstehen Sie? Wobei die Leute nicht einmal den Unterschied merkten.»

Guido, der sie fieberhaft angesehen hat, als ob etliche von seinen Vorstellungen über sie zerfielen: «Was für Tanz machst du?»

Roslyn, in Verlegenheit: «Oh ... einfach, was man darstellenden Tanz nennt. Nachtclubs. Weißt du.»

Perce steckt seinen Kopf zwischen sie und Gay: «Ich war einmal in einem Nachtclub – in Kansas City. Der Name war ‹Die nackte Wahrheit›. Und sie machten keinen Spaß!»

Er lacht, aber ein Unbehagen auf ihrem Gesicht dämpft ihn.

Gay ruft aus: «Wir sind da!»

Der erste Anblick der Stadt zieht ihre Aufmerksamkeit auf sich. Eine lange, weit ausgezogene Kurve der Autostraße liegt vor ihnen, ein Betonbogen, hoch über dem Talboden aus weißem Gips. Am fernen Ende der Straße befindet sich eine Reihe Holzhäuser, hinter ihnen sind die Berge aufgetürmt wie rußige Schlakkenhaufen. Aus dieser Entfernung wirkt die Einöde fast übernatürlich, und der Verstand kämpft mit der Frage, warum sich Menschen je hier niedergelassen haben. Es gibt keinen Baum, keinen Strauch, keinen Wassertümpel. Rechts und links erstreckt sich das nackte, weiße Flachland, hier und dort von sauren Flekken Feuchtigkeit unterbrochen, die die Frühjahrsregen zurückließen. Allmählich wächst eine perverse Schönheit aus diesem Ort. Er ist so absolut, seine Häßlichkeit ist so unmittelbar und schreiend, so total aufrichtig, und wie die Kraft eines ohne Reue oder Entschuldigung vollkommen Geformten: eine Stadt, die neben der Eisenbahnlinie errichtet wurde zu dem Zweck, Gipstafeln aus einer nahen Fabrik aufzuladen.

Gay und Guido waren hier schon oft zur Zeit des jährlichen Rodeos gewesen, Perce und Roslyn noch nie. Als die Straße gerade wird, können sie in das Innere der Stadt sehen, und das Schweigen, das sie gefangen hielt, wird von Gay gebrochen, der mit einem Grinsen erklärt, daß dies die letzte, wirklich großzügige Stadt im Westen sei. Es gibt hier keine Polizei und praktisch kein Gesetz. Außer an diesem einen Tag kommen niemals Fremde her, und die meisten der Ansässigen sind so eng verwandt, daß sie Streitigkeiten unter sich regeln. Er grinst, aber er nimmt seine Anweisung an Roslyn, nahe bei ihm zu bleiben, ernst. Hier gibt es keine Hilfe, es muß nicht unbedingt Schwierigkeiten geben, aber sie kommen vor, und man trägt hier noch immer Pistolen und gebraucht sie auch. «Wie im Kino», sagt Roslyn, und ihre Augen sind weit vor unterdrücktem Lachen. Aber sie lachen nicht – nicht nur aus Angst, sondern auch aus einem Gefühl der Sinnlosigkeit, jener Sinnlosigkeit, die zu absurd ist, um sich zu einer Logik, einem Gesetz, einem Prinzip der Zerstörung zu erheben, wie wenn man auf dem Weg zur Hochzeit von einem Fahrrad umgefahren und getötet wird. Sie merken sofort, daß die Stadt voller Menschen ist, an die zweitausend vielleicht, ein Pöbel, der die Straße zwischen den Häuserreihen und den Eisenbahnschienen füllt. Der Lärm schlägt durch die Autofenster an ihre Ohren, ein Tosen und Donnern menschlicher Natur, die von ihrem eigenen Willen versklavt ist, hundert Kilometer weit draußen in diesem sonnverbrannten Puderland.

Gay verlangsamt die Fahrt, um den ersten Menschen auszuweichen, Männern, die mitten auf der Straße stehen, reden und in die Fenster sehen, als sie vorbeikommen. Nun sieht man schon Autos, die entlang der Straße geparkt sind, meistens alte Kisten, und einige neuere, von Talkum überzogene Modelle. Die Tür eines Wagens schwingt auf; ein Mädchen von zwölf mit einem kleinen Jungen steigt aus, und sie rennen auf die dichte Menge zu, als wüßten sie, wohin sie gingen. Ein alter Mann uriniert in der Sonne und kaut Tabak, als er sich zu dem vorbeifahrenden Wagen umdreht. Gay kann jetzt kaum noch vorwärts kommen, der Wagen wird von der Menge eingekeilt.

Plötzlich steckt Perce den Kopf zum Fenster hinaus. «Da ist der alte Rube! Hallo! Rube! Wie geht's?» Rube winkt zurück. «Hey! Da ist der alte Bernie! Was gibt's Neues, Bernie?» Bernie winkt zurück. Perce zieht den Kopf wieder in den Wagen und lehnt sich zwischen Gay und Roslyn. «Hey, Kinder, die haben heute richtige Reiter hier! Ich hoffe, ich bekomme ein gutes Pferd!»

Gay: «Sieh nur zu, daß du davon loskommst, denn morgen mußt du Mustangs fangen.»

Roslyn sieht in Perces Gesicht, das dicht vor ihren Augen ist. Sie sieht reine Ruhmsucht in ihm. Ein neues Gefühl fließt von ihr zu ihm – eine Art Mitleid, eine persönliche Anteilnahme an seiner kommenden Prüfung.

Er wirft sich herum, um wieder aus dem Fenster hinauszurufen: «Dort ist Franklin! Hallo, Franklin-Boy!»

Der Wagen fährt in die Mitte der Menge.

Hier sieht man Cowboys in ihren Arbeitskleidern, viele in den engen Hemden und Bluejeans, die sie im Kino sahen. Hier gibt es viele Kinder, die wie ihre Eltern angezogen sind. Man sieht

Farmer in Overalls, Frauen in den besten Sonntagskleidern. Ein Cowboy versucht, ein Pferd rückwärts aus einem Anhänger herauszubugsieren, mitten in den Verkehrsstrom hinein; drei Mädchen, noch nicht sechzehn, gehen vor einer Rotte Cowboys, die anzubändeln versuchen. Eine Mutter hält ihre halbwüchsige Tochter am Handgelenk fest, als sie sich durch die Menge drängelt. Zwei überlastete Polizisten mit ihren 0,45er Revolvern an den Hüften stoßen einen Cadillac auf und ab, um die Stoßstange von einem alten Pritschenwagen freizubekommen. In diesem Pritschenwagen sitzt ein Farmer mit einer Schar Kinder am Steuerrad. Im Cadillac, dessen Verdeck aufgeklappt ist, sieht man drei Buchmachertypen und ein Revue-Girl, die alle auf und ab geschüttelt werden, bemüht, ihre Würde und ihre Sonnenbrillen zu bewahren.

Über den Leuten und den Autos ertönt, vermischt mit ihrem Gebrüll, eine einzige Kakophonie von Jazz; die Musikboxes der Bars ergießen ihre Melodien auf die Straße, eine Nummer löst die andere ab, als der Wagen an den Gittertüren vorbeifährt. Eine ungeheuer laute Stimme aus einem nahen Lautsprecher verkündet etwas Unverständliches. Dazu hört man den Lärm der brüllenden Menge wie in einem Stadion – die Rodeo-Arena am fernen Ende der Straße ist in Betrieb.

Plötzlich wendet sich Roslyn nach einem Indianer um, der ganz still dasteht, während die Menge um ihn herumströmt. Er starrt in die Ferne auf irgend etwas – oder auf nichts – Kleiderbündel unter dem Arm.

Gay drängt den Wagen nach links, schiebt sogar mit den Kotflügeln die Leute aus dem Wege und hält vor einer der Bars. Er nimmt Roslyns Hand und zieht sie hinter dem Lenkrad aus dem Wagen hervor; die fünf, die Arme schützend gegen das Drängen der Leute erhoben, quetschen sich in die Bar. Der Hund bleibt auf dem Vordersitz, sieht ruhig umher, bemerkt alles und wendet den Kopf, all den vertrauten Gesichtern zu. Ein alter Mann kommt aus der Gittertür, sieht den Hund und tritt zum Fenster, um ihn zu betrachten. Auch der Hund sieht ihn an. Die Augen des Mannes tränen, sein Hemd ist mit Tabak befleckt, um seine Nase wimmeln tiefe Mitesser. Er greift in die Tasche, nimmt Münzen heraus, von denen pudriger Talk stäubt. Er wirft dem Hund einen Vierteldollar zu; der beschnüffelt ihn auf dem Sitz und besieht ihn verdutzt. Er ruft dem Hund etwas zu und verschwindet mit seinem Geheimnis in der Menge.

Das Geräusch klingenden Geldes läßt die Leute sich umdrehen; eine reizende alte Frau drängt sich durch die Menge und schüttelt heftig eine wohlgefüllte Sammelbüchse. Sie trägt einen Strohhut schief auf dem grauen Kopf und ein Brokatkleid, das bis zu den Knöcheln reicht. Irgend etwas, das wie «Oyez, oyez» klingt, kommt aus ihrem Kehlkopf, und sie lächelt gewitzt unter entzündeten, klimakterischen Augen.

Sie stößt die Gazetür auf und schiebt sich in die Bar.

Diese Bar ist achtzehn Meter lang. Die Kunden stehen in Reihen bis zur gegenüberliegenden Wand und bestellen Getränke aus einer Entfernung, die fast so groß ist wie ein Handballfeld.

Es liegt etwas Spinnenhaftes in der Luft: zahllose erhobene Hände reichen die Getränke nach rückwärts und leere Gläser zur Bar. Zwei Musikautomaten spielen zwei verschiedene Platten, und ein aufgedrehter Fernsehapparat redet, das Auge rollt in seinem Kopf. Fünf Barmänner stehen dem Volk gegenüber, servieren und kassieren, blicken grimmig rechts und links über die Mahagonitische, um jeden Angriff auf das Bataillon der Flaschen hinter sich abzuwehren. Über ihren Häuptern, von meterlangen Spiegeln an der Wand reflektiert, starrt ein mürrisches Elchhaupt durch den Rauch. Ein bedrucktes Schild mit der Aufschrift: «Erschießt diesen Elch nicht noch einmal!» hängt an einer Strippe um seinen Hals, und ein scharfes Auge kann die Kugellöcher sehen, aus denen nun Sägemehl statt Blut rinnt.

Die alte Dame drängt sich zu einem Cowboy und seinem Mädchen an der Bar und schüttelt die Büchse vor ihren überraschten Gesichtern. Die alte Dame: «Hilfskomitee der Frauen, Tom.»

«Aber ja.» Er läßt eine Münze in die Sammelbüchse fallen.

Die alte Dame wendet sich an das Mädchen. «Und wie steht es mit dir, Sünderin?»

«Ach, Ma! Ich habe doch kein Geld.»

Die Alte klappert mit ihrer Büchse vor einem anderen Opfer in der Nähe. «Los, Frank! Damenhilfskomitee.»

«Aber Sie haben doch schon in der Bar nebenan von mir was bekommen.»

«Das wird Sie lehren, an einem Platz zu bleiben. Los, Mann!» Er stöhnt und steckt Geld hinein.

Roslyn, Gay, Perce, Isabelle und Guido stehen mit ihren Getränken, die sie kaum an die Lippen heben können, an der Bar, inmitten des lähmenden Lärms zusammengedrängt wie Leute in der Untergrundbahn. Ein verhutzelter alter Mann mit erstaunlich silbernem Haar bahnt seinen Weg durch die Menge und hebt einen sieben Jahre alten Jungen auf die Bartheke. Er hält den Jungen bei den Knien und erklärt Gay: «Ich muß den Jüngling festhalten, sonst läuft er sofort in die Schule.»

Gay nickt verstehend, und der alte Mann lächelt durch seine Benebelung.

«Hey, Coz, viel blieb von uns nicht übrig.»

«Ja, Pa, das Leben ist überall schwer.»

Der alte Mann brüllt zum Barmann: «Eine Limonade für meinen Enkel Lester.» Er ist voll Feiertagsfröhlichkeit, nimmt einen Schnurball des Jungen und sagt zu Gay: «Haben Sie je so was ausprobiert? Das verrückteste Ding, das ich je sah. Platz da!» Damit schleudert er auch schon den nicht zu fassenden Ball, während die Menschen ringsherum ihre Gesichter vor den unvorhersehbaren Würfen schützen. Die Barleute wachen auf.

Roslyn hat nun Platz genug gefunden, um ihr Glas an die Lippen zu setzen, trinkt schnell und ruft aus: «Hey, ich kann das! Darf ich versuchen?»

Der alte Mann, der Klamauk wittert, reicht ihr sofort den Ball. «Wette zwei Dollar, Sie schaffen nicht zehn mal.»

Perce: «Ich nehme die Wette an! Fangen Sie an, Roz!» Roslyn rollt das Gummiband auf: «Oh, ich kann öfter als zehn, glaub' ich!»

Mit dem Rücken gegen die Menge drängend, breitet der Mann seine Arme aus.

«Platz, Platz! Eine Wette!»

Die Nachricht von einer Wette läßt die Menge auf mysteriöse Weise zurückweichen, der Platz weitet sich um Roslyn. Sie fängt an, den Ball zu werfen und macht es offensichtlich gut. Noch immer hält sie ihr Glas in einer Hand. Perce zählt jeden Wurf, zwei Dollar in der Hand. Als sie bei sechs angekommen ist, ruft ein Cowboy Perce zu: «Fünf Dollar, sie kann es nicht bis fünfzehn bringen!»

Perce nickt und zählt weiter: «Neun, zehn, elf...»

Perce streckt seine Hand dem überraschten Mann hin, der ihm zwei Dollar gibt.

Ein zweiter Cowboy: «Zehn Dollar, sie kann es nicht zwanzigmal!»

Perce: «Dreizehn, vierzehn, fünfzehn, sechzehn, siebzehn, achtzehn, neunzehn, zwanzig, einundzwanzig, zwei, drei, vier, fünf, sechs ...»

Perce sammelt das Geld von beiden Cowboys ein und zählt weiter. Aus der ganzen Bar erklingen nun Stimmen, die neue Wetten anbieten, und Geld wandert in alle Richtungen.

«Auch hier zehn!»

«Hier fünf.»

«Ich werde fünf nehmen!»

«Fünfzehn hier!»

Roslyn bearbeitet nun den Ball mit großem Ernst, während sie zur gleichen Zeit an ihrem Getränk nippt und sich eine alkoholische Ferne in ihren grauen Augen ausbreitet. Isabelle, die laut mit Perce zählt, nimmt ihr Glas auf, trinkt einen Schluck und betrachtet es mit Widerwillen. Sie sieht eine Flasche Whisky und schüttet etwas in ihr Glas, trinkt und setzt es auf die Theke. Der kleine Junge, der neben ihr sitzt, die Augen fasziniert auf Roslyns Ballspiel gerichtet, hebt sein Limonadenglas – das Isabelle gerade unabsichtlich mit etwas Alkohol gewürzt hat –, trinkt, registriert die unbekannte Wirkung und probiert mehr.

Die Menge brüllt nun die Zahl von Roslyns Schlägen. Die kleine alte Dame versucht, einen Weg durch den Kreis der Männer zu bahnen, die sich um Roslyn und Perce drängen, gelangt endlich hindurch und heftet ihre Augen auf den wachsenden Geldhaufen in Perces erhobener Hand. Mit einem Anlauf gieriger Entschlußkraft stößt sie bis zu Perce vor, der ausruft: «Sechsunddreißig, siebenunddreißig, achtunddreißig, neununddreißig, vierzig, einundvierzig, zweiundvierzig ...»

Plötzlich fängt sie an, den Ball auf den Boden zu buchsern und ihn beim In-die-Höhe-Springen aufzufangen. Ein Gebrüll erregter Anerkennung erhebt sich bei ihrem neuen Wagnis. Sogar die Barmänner stehen auf den Zehenspitzen und versuchen über die Menge hinwegzusehen.

«Zehn Dollar, daß sie es nicht bis siebzig bringt!»

Perce nickt und nimmt das Geld, ohne sein Zählen zu unterbrechen. «Vierundfünfzig, fünfundfünfzig ...»

Plötzlich tritt ein zweiter Cowboy vor und klopft Roslyn auf den Hintern. Guido, der neben Gay steht, schaut auf und sieht Gays leichtes Erstaunen. Gay läßt seine Blicke über die Gesichter der Leute schweifen. Die Augen rings tasten Roslyns Körper ab. Guido bricht in ein Lachen aus: «Sie kann alles!» Gay bemerkt bei

Guido den gleichen fast geilen Ausdruck wie bei vielen anderen in der Menge. Ein neuer Ruf ertönt.

Jetzt schlägt sie den aufspringenden Ball rückhand und trinkt gleichzeitig. Perce an ihrer Seite zählt weiter, ganz in Anspruch genommen, jung, irgendwie eins mit Roslyn, wie er sie mit seinem Zählen anspornt. Die alte Dame tritt nahe an Roslyn heran und ruft ihr ins Ohr, während sie die Sammelbüchse schüttelt: «Spiele für Gott! Weiter, Sünderin!»

Roslyn, nervös: «Bitte.»

Die alte Dame zu Perce, sie fordert das Geld in seiner Hand: «Hilf dem guten Werk, Junge! Tu es, so lange der Geist in dir ist.»

Perce: «Einundsiebzig, zweiundsiebzig... Halts Maul, vier-, fünfundsiebzig...»

Ein neuer Ruf erhebt sich bei diesem neuen Sieg. Roslyn ist nun einen Fuß von dem zweiten Cowboy entfernt und kehrt ihm den Rücken zu. Da packt er sie von hinten und küßt sie. Gay stürzt sich auf ihn und will ihn gerade schlagen, als er von den anderen zurückgerissen wird. Zwei Barmänner springen über die Theke. Guido taucht neben Gay auf, zerrt ihn am Arm weg, während er mit der anderen Hand Roslyn packt. Er zieht beide zur Tür.

Der alte Mann wendet sich seinem Enkel an der Theke zu und will den Jungen herunterheben, als er dessen vergnügten Gesichtsausdruck bemerkt. Er nimmt das halbvolle Glas aus seiner kleinen Hand, schnüffelt daran und probiert. Überraschung durchdringt seinen Nebel, und dann fragt er mit einem richtig neidischen Winseln: «Lester!» und neigt sich zum schläfrigen Antlitz des Knaben, «wo hast du das Geld her?»

Draußen auf der Straße zieht Gay Roslyn aus der Menge auf einen leeren Platz zwischen zwei geparkten Wagen. Gleich hinter ihnen zählen Perce, Guido und Isabelle das Geld in Perces Hut. Gerührt von seiner beschützerischen Leidenschaft umfaßt Roslyn sein Gesicht. «Es tut mir leid, Gay, ich wollte es nicht so lange tun. Aber Dank, daß du mir geholfen hast! War es dir peinlich?»

Die Gefahr, daß er sie wenige Augenblicke zuvor hätte verlieren können, die Gier anderer nach ihr, hat seine Zurückhaltung weggewischt. «Ich möchte dich heiraten.»

Roslyn, mit einer Mischung von Trauer und Freude: «Oh, nein, Gay, du mußt nicht. Aber Dank, daß du es gesagt hast.»

3

Perce platzt zwischen sie, hinter ihm Guido. «Hundertfünfundvierzig Dollar! Ist sie nicht großartig, Gay? Sie ist doch die Tollste!»

Damit wirft Perce einen Arm um sie und gibt ihr das Geld in die Hand. Im selben Augenblick erscheint die alte Frau unter Perces Arm und schüttelt ihre Büchse...

Isabelle: «Schütteln Sie sie nicht vor meiner Nase! Ich muß noch immer für diesen gebrochenen Arm zahlen!» Plötzlich ruft Isabelle, die jemanden in der Menge erblickt: «Charles!» und rennt in den vorbeiziehenden Haufen.

Die alte Frau, die die Büchse vor Roslyns Gesicht schüttelt, fixiert sie mit ihrem starren Missionarsblick. «Sünderin! Ich sehe, du willst eine große Spende geben. Ich sehe es in deinen schönen Augen. Du suchst nach dem Licht, Sünderin, ich kenne dich und ich liebe dich wegen deines Lebens voller Schmerz und Sünde. Gib es dem einen, der versteht, dem einzigen, der dich in deiner einsamen Wüste liebt!»

Zuerst belustigt, dann zugleich angezogen und abgestoßen, dann halb erschreckt und doch irgendwie von dem wahnsinnigen Verlangen der Frau, sie zu segnen, berührt, will sie der Alten das ganze Geldbündel geben.

Aber Gay fährt dazwischen. «Soviel hat sie nicht gesündigt!» Er gibt der alten Frau eine Banknote. «Hier sind zehn...» Er gibt ihr noch eine: «und hier noch zehn, damit es zwanzig sind.»

Die alte Frau: «Gott sei gelobt! Wir werden einen Zaun für den Friedhof kaufen, um diese Cowboys davon abzuhalten, ihre Pferde auf den Gräbern grasen zu lassen. Liebling, du hast unseren Toten geholfen, in Frieden zu ruhen. Gehe wiedergeboren von dannen!»

Isabelle eilt aus der Menge auf Roslyn zu. «Rate, wer hier ist! Liebes Kind, rate, wer hier ist?»

«Wer!»

«Mein Mann! Ich kann es nicht glauben. Sie sind auf Urlaub.»

«Ach, seine Frau auch?»

«Klar! Klara. Du erinnerst dich, daß ich von Klara erzählt hab', meiner besten Freundin. Und sie ist netter denn je!»

Gay: «Das muß sie wohl sein, wenn du so froh bist, sie zu sehen.»

«Oh, Charles hätte nie mit mir verheiratet bleiben können. Ich habe sogar einmal den Staubsauger verloren.» Die Männer brechen in Lachen aus, und sie schließt sich ihnen an, winkt mit dem Arm ihrem früheren Mann zu, der anscheinend irgendwo tief im Gedränge steckt. «Sie haben noch nicht hergefunden. Kommt, ich will euch vorstellen.»

Gay hält sie zurück. «Wir werden dich später wiedertreffen, Isabelle. Wir müssen immer noch ein Pferd für diesen Knaben besorgen.»

«Okay. Wir werden irgendwo in der Nähe sein. Aber ich gehe nicht mit euch auf Mustangjagd – sie bleiben eine Woche in meinem Haus.» Sie ergreift Perces Hand und drückt sie. «Viel Glück, junger Mann!» Sie tätschelt Roslyns Hand und kehrt dann in die bewegte Menge zurück, glücklich winkend. «Bis später, liebes Kind.»

Von der Menge rings aneinandergepreßt, bewegen sich die vier dem Ende der Straße und der Rodeo-Arena zu. Perce steckt seinen Kopf zwischen Gay und Roslyn. «Darf ich sie einmal küssen, damit sie mir Glück bringt?»

«Einmal.»

Perce küßt sie während des Gehens.

Gay zieht ihn von ihr weg. «Soviel Glück brauchst du nicht. Gehn wir jetzt, dich anmelden.» Er geht mit Perce voraus und lacht Roslyn über die Schulter zu. Sie winkt ihm, als er in der Menge verschwindet.

Die Rodeo-Arena ist ein primitiv gezimmertes Gehege, umgeben von einem brüchigen Pfosten- und Drahtzaun, mit einer drei Stockwerk hohen Tribüne aus rohem Holz an einer Seite. Am anderen Ende ist ein Einlauf aus Planken und in der Nähe ein Turm für den Schiedsrichter. Ein Meer parkender Autos umgibt die Arena. Von der Tribüne aus ist das einzig sichtbare Gebäude vor den fernen Bergen eine kleine Kirche. Ihr hölzernes Kreuz ist von der Last der Witterung zu einem X gebogen worden.

Die Tribüne ist vollgestopft, und das Volk umringt den Zaun. Es ist dauernd eine gewisse schlängelnde Bewegung von Leuten, die einander suchen: Väter ihre Töchter, Frauen ihre Männer, Jungens ihre Mädchen, und Einsame aus den Bergen, die sich nur einmal durch die einzige Menschenmenge drängen wollen, die sie bis zum nächsten Jahr um dieselbe Zeit sehen werden.

Ein Reiter auf einem bockenden Pferd stürmt aus dem Eingang. Der zeitnehmende Schiedsrichter auf dem Turm, die Stoppuhr an einer schweren goldenen Kette in der Hand, trinkt aus einer Halbliterflasche, während seine Augen zwischen Uhr und Reiter hin- und herwandern. Der hält sich auf dem schwarzen Pferd. Es braust direkt auf den Zaun zu, und die Menge dort drängt zurück. Einen Augenblick lang bleibt der Indianer ganz allein stehen, ungerührt beobachtend. Das Pferd weicht seitwärts aus, die Menge brandet vor, und der Indianer ist wieder zwischen den Leuten verschwunden.

Roslyn und Guido sind auf der Tribüne, Guido schaut halb interessiert zu. Sie beobachtet gespannt. Er dreht sich um und starrt sie an, seine Augen nehmen die Form ihres Gesichtes, ihres Halses, ihres Körpers in sich auf. Plötzlich brüllt die Menge los, und die Leute rings erheben sich halb. Angst zeigt sich in ihrem Gesicht, als sie aufsteht. Der Reiter kriecht eilends vor den fliegenden Hufen des Pferdes davon.

«Gott, ich wußte nicht, daß es so gefährlich ist!»

Guido, absichtlich, als ziele seine Bemerkung auf sie: «Genau wie alles andere lohnt sich auch das.»

Sie sieht ihn erstaunt an. Whisky und Sonne haben seine Strategie fortgeblasen, und er blickt ihr einfach voller Sehnsucht in die Augen. Sie wendet sich wieder ab und sieht den Vorreiter Seite an Seite mit dem springenden Pferd den Bauchriemen lösen.

«Was hat er gerade abgemacht?»

«Ach, das ist der Bauchriemen. Er drückt die Pferde dort, wo sie's nicht mögen. Das bringt sie zum Bocken.»

«Aber das ist doch nicht fair!»

Er will lachen, aber ihre Anteilnahme hält ihn zurück.

«Sonst gäb's kein Rodeo.»

«Gut, dann sollte es kein Rodeo geben.»

Plötzlich brüllt die Menge und steht auf, sie und Guido erheben sich, aber er betrachtet sie betroffen, als sie sich der Arena zuwendet, wo das bockende Pferd den Reiter über den Zaun geworfen hat. Einige Meter entfernt sitzen Gay und Perce rittlings auf den Brettern des geschlossenen Einlasses. Ihre Beine baumeln herab. Nun schaut Gay zu den Leuten auf der Tribüne.

«Ich hoffe, du bist nüchtern.»

Perce, der Gays Augen folgt: «Zum Teufel, ich habe auch schon Preise gewonnen, wo ich mich nicht einmal mehr an den Namen der Stadt erinnern konnte.» Er sieht Roslyn auf der Tribüne und winkt ihr zu.

«Da ist sie!»

Gay winkt ihr nun zu, sie steht auf und schwenkt ihren Mohairpullover. Guido hebt seinen Arm.

Perce, der ihre leidenschaftliche Ermutigung sieht, wendet sich Gay zu. «Ich werd' nicht versuchen, sie dir auszuspannen, Gay – außer, wenn es dir nichts ausmacht.»

Gay errötet fast. «Junge, es *macht* mir was aus.»

Beide lachen bei diesem unwissentlichen Eingeständnis ihres Konfliktes, und Gay klopft Perce mit Wärme auf den Rücken, als ein Pferd in den Einlaß zu ihren Füßen geführt wird.

«So, jetzt bin ich dran!»

Perce steigt vom Zaun auf das unruhige Pferd; Gay hilft ihm dabei, und er schaut zu Gay hinauf.

«Meine Adresse ist Black River –»

Er wird vom Lautsprecher unterbrochen.

Lautsprecher: «Auf einem wilden Pferd Perce Howland aus Black River, Wyoming!»

«Kalifornien, nicht Wyoming!» schreit er über die Schulter.

Ein Cowboy zieht den Bauchriemen fest. Das Pferd schlägt gegen die Bretter des Einlasses.

Gay: «Fertig, Junge?»

Perce: «Los, los!»

Gay: «Öffnen!»

Ein Wärter öffnet das Tor, das Pferd stürmt hinaus. Die Menge tobt. Perce hält sich im Sattel. Das Pferd bäumt sich auf, hoch und wild.

Auf der Tribüne ist Leben in Guido gekommen. «Mach es, Junge!» Roslyn sieht zu, hin- und hergerissen zwischen der Hoffnung, daß Perce siegen wird, und Angst. Sie hält beim Zuschauen die Hände an die Ohren.

Der Schiedsrichter trinkt, die Stoppuhr in der Hand. Vom Zaun am Einlaß blickt Gay zu Roslyn auf der Tribüne. Sie beobachtet mit Tränen in den Augen. Das Pferd springt in die Nähe ihres Platzes. Einen Augenblick lang kann sie Perces von der Anstrengung des Kampfes entblößten Zähne sehen, während er auf und ab geworfen wird; über ihm der Himmel.

Das Pferd schleudert Perce hoch und erschüttert seinen Körper, als es wieder auf der gestampften Erde landet. Jetzt schreit sie, als ob sie Perce retten könnte, und ruft seinen Namen. Sie wendet sich zu Guido um Hilfe. Er fuchtelt mit seiner Faust in der Luft herum, ein fast rasender Ausdruck ist in seinem Gesicht, ein Strom fast tierischer Freude, der sie außer Fassung bringt, und, noch einsamer als zuvor in ihrem Entsetzen, wendet sie sich wieder dem Feld zu.

Ein plötzlicher Aufschrei dringt aus der Menge, und Gay springt mit einem Gesichtsausdruck hoch, der fast wie Freude aussieht; doch seine Bewegung richtet sich nur darauf, zu helfen. Perce ist abgeworfen worden. Er landet auf dem Gesicht und liegt still.

Gay springt vom Zaun und rennt zu Perce, Guido bahnt sich einen Weg durch die Tribünenreihen hinunter zum Feld. Roslyn bleibt auf der Bank stehen, reckt sich, um über die Menge zu blicken, weint und starrt. Ihr Gesicht ist leer, als ob sie geschlagen worden wäre. Jetzt läuft auch sie die Tribüne hinunter auf das Feld.

Gay erreicht Perce und versucht ihn wieder auf die Beine zu stellen. Guido kommt hinzu, und sie tragen fast Perce zu einem Tor im Zaun. Guido stülpt ihm den Hut auf den Kopf.

Roslyn erreicht sie beim Parkplatz. Eine Ambulanz steht vor der Kirche.

Roslyn: «Wo ist der Doktor?»

Perce: «Wo ist mein Hut, Pa?»

Gay: «Du hast ihn auf, Perce.»

Plötzlich macht Perce sich frei und schreit Roslyn, die seinen Arm ergriffen hat, an: «Laß mich, Frieda!»

Gay tritt an ihn heran und hält seine Hand, um ihn zu beruhigen. «Reg dich nicht auf, Junge. Sie ist nicht deine Schwester.»

Perce starrt verwirrt auf Roslyn. Sie friert vor Angst. Aber sie führen ihn weiter. Sie erreichen die Ambulanz. Ein Sanitäter wartet mit freundlichem Grinsen. «Sie haben's wohl mit dem falschen Ende eines Pferdes zu tun gehabt, nicht wahr?» Er hält Perces Gesicht und drückt die Wangenknochen mit seinen behaarten Händen.

Roslyn: «Lassen Sie ihn sitzen.»

Sie setzt ihn in eine Ecke der Ambulanz. Die Bewegungen des Sanitäters werden nicht schneller. Sie sieht ihn voll Mißtrauen an.

Roslyn: «Sind Sie Arzt?»

Perce will aufstehen: «Ich will keinen Arzt!»

Sanitäter: «Ruhig, Junge! Ich bin kein Arzt. Ich will dich nur etwas sauber machen.» Er drückt Perce nieder, wischt seine Hände an den Hosen ab und holt irgendwas aus der Ambulanz.

Roslyn, mit einem wachsenden Gefühl der Hilflosigkeit: «Gibt es hier denn keinen Arzt?»

Der Sanitäter erscheint wieder mit einer Flasche Alkohol und einem Wattebausch.

Gay: «Nicht im Umkreis von neunzig Kilometern.»

Gay bückt sich und sieht aus der Nähe in Perces Gesicht; der Sanitäter tupft es ab, dann richtet er sich wieder auf.

«Er ist nicht arg verletzt.»

«Woher weißt du das? Bringen wir ihn weg von hier.» Sie bückt sich, um Perce aufzurichten. «Komm mit, ich nehme dich in meinen Wagen.»

Gay, eindringlich, sie nicht allzu sorgsam von Perce wegziehend: «Nun fang du nicht an, Roslyn, hier zu kommandieren.»

«Er ist dein Freund, oder nicht? Ich verstehe überhaupt nichts mehr!»

Ein lauter Schmerzensschrei von Perce läßt sie sich umwenden; der Sanitäter klebt ein Pflaster über seine Nasenwurzel. Perce berührt vorsichtig seine Nase, als Gay sich über ihn beugt. «Bist du in Ordnung, Perce?»

Perce stößt einen schmerzvollen Seufzer aus und betastet seine Nase.

«Perce, bist du in Ordnung?»

Perce zwinkert, schaut zu Gay auf, noch immer benommen. «Bin ich bis zum Pfeifen auf dem Pferd geblieben?»

«Fast, mein Junge. Hast es gut gemacht.»

«Das war ein übles Pferd, was?»

«Oh, das war ein Verbrecher. Hast es gut gemacht.»

Perce versucht aufzustehen, fällt aber vorwärts auf Hände und Knie. Roslyn bückt sich schnell, um ihm aufzuhelfen.

Gay: «Laß ihn in Ruhe, Roz, er wird schon hochkommen.» Er trennt sie von Perce, der einen Augenblick atemlos auf allen vieren bleibt.

Entsetzt, in einem Meer hilflosen Nichtverstehens, blickt sie auf ihn nieder. Nun richtet er sich mit großer Anstrengung auf. Guido reicht ihm seinen Hut, der wieder heruntergefallen war. Der Lautsprecher stößt unverständliche Laute aus.

Perce: «Oh! Bin ich das?»

Gay: «Noch nicht, noch zwei Minuten.»

Roslyn: «Wozu?»

«Er muß noch einen Stier reiten. Komm, Perce. Geh ein bißchen herum.»

Gay, der sich Perces Arm um die Schulter gelegt hat, geht mit ihm zwischen den geparkten Wagen entlang. Perce ist noch nicht fest auf den Beinen, aber langsam wird er sicherer. Sie spazieren langsam auf und ab in diesem Meer von Stahl.

Roslyn: «Guido, er geht da doch nicht wieder hinein!»

Guido, mit einer ungewissen Gebärde angesichts der Tatsachen des Lebens: «Ich nehme an, er will diesen Stier reiten.»

«Aber ...» Hilflos läuft sie zu Gay und Perce und geht mit ihnen.

«Beim Gehen wird ihm schon besser, Roz, komm nun.»

Gay schiebt sie beiseite.

Sie muß sich neben den beiden entlangdrücken, manchmal behindert sie ein Kotflügel, und sie muß hinterherlaufen. «Warum willst du das, Perce? Hier, warum nimmst du nicht das, was wir in der Bar gewonnen haben?» Sie müht sich mit ihrer Börse ab, um das Geld herauszunehmen, und versucht, Schritt zu halten. «Du hast mir geholfen zu gewinnen, Perce, so nimm es doch. Schau, es sind über hundert Dollar. Du brauchst nicht wieder hineinzugehen!» Er bleibt stehen. Sie drängt sich an ihn. Er starrt sie an. Sie fühlt sich nun ermutigt. Sanft streichelt sie seine Wangen und lächelt bittend.

Perce: «Ich möchte, daß du mir jetzt zusiehst. Ich bin ziemlich gut im Stierreiten.»

«Aber warum tust du's?»

«Wieso, ich habe mich doch dafür gemeldet, Roslyn. Ich bin eingeschrieben.»

Der Lautsprecher bricht wieder in unverständlichen Lärm aus.

Perce: «Hilf mir dorthin, Gay, ich komme langsam auf Touren!»

Sie machen sich auf zur Arena. Sie eilt mit ihnen. Guido folgt, noch immer über ihre Sorge lächelnd. Er wird immer betrunkener.

Roslyn: «Gay, bitte!»

Aber Perce und Gay gehen weiter zum Eingang der Arena. Perce wendet sich ihr über die Schulter zu: «Ich will, daß du mir zusiehst, Roslyn, hab jetzt keine Angst.»

Roslyn wendet sich an Guido, der neben ihr steht, als ob sie ihn um Hilfe bitten wollte. Trotz seines besorgten Blicks erkennt sie, daß er stumpfsinnig die Lage akzeptiert. Vernünftig sagt er: «Es macht ihnen nichts aus, geschunden zu werden.»

Sie sieht sich schnell um und forscht ringsum nach Hilfe. Kein menschliches Wesen ist in Sicht – nur die Reihen der Autos, stummes Eisen. Das Brüllen der Menge mischt sich mit dem Geplapper des Lautsprechers.

Ein riesiger weißer Brahma-Stier mit blutunterlaufenen Augen taucht vor Perce und Gay auf, die auf der Einlaßwand sitzen. Seine Wärter treiben ihn respektvoll auf den richtigen Platz. Nun schlingt ein Wärter einen Gurt um den Leib des Stieres und läßt ihn einen Augenblick lang locker hängen. Perce hat große Augen vor Angst und Taxieren. Er zwinkert, um den Kopf klar zu bekommen und bearbeitet sanft einen Tabakpriem in seiner Backentasche. Gay wendet sich vom Stier, der direkt unter ihnen steht, ihm zu. In Gays Augen liegt ein Ausdruck brutalen Stolzes auf Perce: «In Ordnung, Junge? Willst du ihn?»

Perce zögert und betrachtet den Stier. Er zeigt die Erregung eines bereits Verletzten. Dann: «Zum Teufel, ja!»

Er beugt sich über den Stier, um sich auf ihn zu setzen.

«Perce!»

Er schaut auf, auch Gay. Gay lächelt stolz, fast aufreizend Roslyn zu, die die erste Sprosse des Zaunes einige Meter weiter hinaufgeklettert ist und ihm zuruft: «Gay, laß ihn nicht! Perce, hier ist dein Preis! Warum ...» Sie hält ihm das Geld hin. Guido, der nicht mehr lächelt, steht neben ihr.

Sie wird vom Lautsprecher unterbrochen. «Nun, Leute, wer, denkt ihr, ist wieder bei uns? Wir haben noch einige richtige Männer im Westen! Auf einem Brahma-Bullen aus den schwarzen Bergen des Colorado, wieder: Perce Howland!»

Die Menge grölt.

Roslyn ist angesichts des unerklärlichen Vorgangs mit Stummheit geschlagen. Sie blickt herab und ruft vernichtet: «Gay!»

Gay hilft Perce, als er sich auf den Stier hinunterläßt. Rittlings schaut er auf zu Roslyn: «Jetzt paß auf, Kerl!»

Ein Wärter zieht den Gurt des Stieres fest. Der Stier stößt seinen Kopf nach oben. Das Tor öffnet sich, und Perce stürmt hinaus in die Arena.

So nahe am Eingang spürt Roslyn die Erde beben, als der Stier durch die Arena galoppiert, und kaum hat sie den Donner seines Gewichtes gespürt, wird sie fast blind und nimmt nur noch zusammenhanglose Eindrücke wahr, die ihre Angst durchdringen: den umschnürten Nacken des Stieres, seine seltsam toten Augen, die auf eine starre Rachevision fixiert sind, das Stampfen des Bodens, das tief aus der Erde das Echo von Antworten heraufzurufen scheint. Das Vieh bäumt sich auf, dreht sich, landet, und Perces Körper windet sich, neigt sich vor, richtet sich auf, nur um wieder gerüttelt zu werden, herumgeschleudert und zusammengepreßt, als ob er ans Ende einer Peitsche gebunden wäre. Eine Grimasse zähneknirschender Furcht breitet sich auf seinem Gesicht aus, und als er wieder von einem Sprung herunterkommt, ist sein Kopf gegen den sich verdunkelnden Himmel zurückgeworfen, wie der eines Flehenden. Die Menge brüllt, aber Roslyn hört es nicht. Besucher fuchteln mit ihren Fäusten in der Luft und reißen mit gefletschten Zähnen an hundert eingebildeten Dämonen, Hunde bellen, Mineralwasserflaschen zerbrechen, Fremde drükken einander die Arme, ein Kofferradio auf der Tribüne preist laut die Küche einer Luftfahrtgesellschaft, und die Sonne geht hinter den nicht mehr erkennbaren Bergen unter. Roslyn befindet sich in einer Leere, in einer Stille des Nichtverstehens. Sie erfaßt nur das stete, unerbittliche Starren des Stieres und Perces Kopf, der zurückschnellt wie der einer Puppe. Die männliche Entschlossenheit seines Mundes wird Lügen gestraft von der Verzweiflung in seinen Augen.

Guido hat aufgehört, Beifall zu rufen. Aus seiner halbtrunkenen Lethargie hat ihn nun eine neue innere Aufmerksamkeit aufgerichtet, und er wendet sich Roslyn zu, als ob er sie trösten wollte, aber sie rennt in die Menge hinter ihr. Ein heiserer Schrei, ein Brüllen, ein «Ohhh!» der Masse läßt sie sich wieder der Arena zuwenden.

Perce liegt im Staub, die Schulter halb übers Gesicht gedreht. Die Stille der Berge breitet sich über die Arena und über die Tribüne. Der nun freie Stier stößt blutrünstig in die Nähe von Perces Körper, und der Hilfsreiter versucht, ihn zum Einlaß zu manövrieren. Bar jeder Sportbegeisterung dreht er sein Pferd mit jeder drohenden Finte des Stieres.

Gay rennt dem Stier über den Weg. Er kehrt um und rennt rund um den wendenden Stier. Das Pferd des Reiters schützt ihn einen Augenblick lang, und er zieht Perce über den weichen Sand zum Zaun. Guido hilft ihm, Perce hinüberzuheben.

Die Menge steht und sieht ihnen schweigend zu. Der schnaubende grollende Atem des Stieres ist jetzt zu hören. Eine Wolke von grauem Staub hängt über der Arena, aber er wird schon von der aufkommenden Nachtluft fortgetragen.

8

Die Dunkelheit läßt das Glühen der Neonröhren in den Bars hell erscheinen, und blaue Lichtspuren glühen noch auf den Bergkämmen. Wagen parken eng vor den Bars; eine von ihnen ist eingedrückt, so daß ihre Stuckfassade Lücken aufweist. Die Menge hat sich gelichtet und spaziert gemächlich. Die Familien fahren in Personen- und Lastwagen weg. Zahlreiche kleine Gruppen von Cowboys gehen in den Bars ein und aus, in jeder Gruppe Mädchen. Niemand kennt die Gespräche in den parkenden Autos, zwischen Lasten, an dunklen Ecken, zwischen Mann und Mann und Mann und Frau; manche brechen in einen Schrei und in seltsame Flüche aus oder lachen und gehen wieder zurück in die Bars.

Roslyn verbirgt ihren Kopf in ihrem Arm auf dem Vordersitz des Wagens. Ihr Gesicht ist vom Weinen ermüdet, und nach all dem Schluchzen atmet sie immer noch stoßweise.

Gay ruft ihren Namen vom gegenüberliegenden Fenster. Er hat etwas Scheues im Blick; er weiß, sie ist über ihn verärgert.

«Komm, Liebling, wir wollen jetzt was trinken.» Der Schmerz in ihrem Gesicht läßt ihn die Tür öffnen und sich neben sie setzen.

Roslyn: «Ist er noch immer bewußtlos?»

Gay: «Wahrscheinlich, aber man merkt es nicht.» Er dreht den Kopf, und sie folgt seinem Blick durch das Rückfenster.

Perce, dessen Kopf mit enormen weißen Bandagen verbunden ist, streitet hinter dem Wagen hitzig mit dem Rodeo-Schiedsrichter. Guido steht zwischen ihnen und blinzelt schläfrig mit den Augen.

«Er streitet mit dem Richter, wer den Stierritt gewonnen hat. Ärgerst du dich noch immer über mich?»

Ihr Ärger macht einer Erleichterung Platz, als sie Perce lebend sieht. Nun wendet sie sich zu Gay: «Warum hast du mich geschlagen?»

«Ich habe dich nicht geschlagen. Du warst im Weg, und ich konnte ihn nicht tragen. Das ist alles.»

«Dein Gesicht sah anders aus!» Sie starrt ihn an, eine Frage in den Augen. «Du sahst aus ... als ob du mich hättest töten können ... Ich ... kenne diesen Blick.»

«Ach, laß doch, Liebling. Ich wurde ein wenig ärgerlich, weil du mich störtest. Komm, wir gehen was trinken. Komm!»

Roslyn schaut zurück zu Perce. «Hat ihn noch immer kein Arzt gesehen?»

Gay wendet ihr ungeduldig den Rücken zu. «Vielleicht hat er Gehirnerschütterung! Ich verstehe ja nichts; jemand könnte sterben und alle würden nur drumherumstehen ... Macht dir das nichts aus?»

Gay setzt sich wieder neben sie. Mit Ärger in der Stimme:

«Ich ging nur wegen dem Jungen da hinein, während ein wilder Stier frei herumraste – wovon sprichst du eigentlich? Ich habe verfluchtes Glück, daß ich hier sitze. Weißt du das nicht?»

«Ja! Das hast du getan.» Sie nimmt plötzlich seine Hand, küßt sie und hält sie an ihre Wange. «Das hast du getan!» Sie küßt ihn. «Du bist ein lieber, guter Mann ...»

Gay, der sie umarmt hält, möchte, daß sie ihn versteht: «Roslyn, Liebling ...»

«Es ist, als ob du schriest, und kein Ton kommt aus deinem Mund, alle laufen herum, sagen ‹Hallo, wie geht's dir, was für ein schöner Tag›, und alles ist großartig – und du stirbst!» Sie kämpft um Selbstbeherrschung und lächelt dann. «Du fühltest wirklich mit ihm, nicht?»

Gay zuckt mit der Schulter. «Ich dachte einfach, ich könnte ihn herausholen – darum tat ich's, das ist alles.»

Roslyn, deren Gesichtsausdruck zeigt, wie sehr sie sich bemüht, ihn und sich zu begreifen: «Aber wenn er gestorben wäre ... Es wäre für dich schrecklich gewesen, nicht wahr? Ich meine, so ohne jeden Grund zu sterben?»

«Liebling ... Wir alle müssen einmal gehen, ob mit oder ohne Grund. Sterben ist natürlich wie leben. Ein Mensch, der sich allzusehr vor dem Sterben fürchtet, fürchtet sich auch vor dem Leben, soweit ich sehen kann. Man kann es nur vergessen, das ist alles. So scheint es mir.»

Perce steckt seinen Kopf in den Wagen. Das Pflaster ist noch immer auf seiner Nase, der Verband sitzt wie ein Turban um seinen Kopf. Er ist noch leicht benommen von dem Schock. Guido steckt seinen Kopf auf der anderen Seite zum Wagen herein.

Perce: «Hey, Roslyn, hast du mich gesehen?»

«Oh, du warst wundervoll, Perce. Steig ein, und wir werden dich zurückfahren nach —»

«O nein, jetzt werden wir unseren Spaß haben!»

Gay: «Sicher, los, komm!»

Roslyn, zögernd — dann: «Okay, wie geht es dir denn?»

«Als ob mich ein Stier getreten hätte.»

Guido öffnet ihr die Tür. Gay steigt auf Perces Seite aus dem Wagen. Draußen fragt sie Guido leise: «Ist er wirklich in Ordnung?»

«In zwei Wochen wird er sich nicht mehr daran erinnern — und du auch nicht. Warum verschwendest du dein Mitgefühl nicht dort, wo man es schätzt?»

Roslyn, spitz, aber mit einem warmen Lachen: «Und wo wäre das?»

Sie geht an ihm vorbei; er folgt. Sie treffen Gay und Perce vor der Bar.

Perce: «Hinein mit uns!»

Gay reicht ihr den Arm; Perce ist an ihrer anderen Seite, seine offene Hand fährt über ihren Rücken, doch ohne sie zu berühren: er erkennt Gays Besitzrecht an. Guido geht hinter ihnen her. Sie betreten die vollbesetzte Bar und setzen sich an einen Tisch.

In Perces Augen und in seinem Sprechen liegt eine fiebrige Eindringlichkeit. Als sie sich setzen, ruft er dem Barkeeper zu: «Hey, Whisky! Für acht!»

Er läßt sich in einen Stuhl fallen. Er ist seltsam glücklich, als hätte er etwas Notwendiges erreicht, eine Pflicht, die ihm nun gewisse Rechte verliehen hat. Er lacht und spricht jetzt ohne Schüchternheit mit Roslyn. «Junge, ich fühle mich lustig. Hat der Mann mir so eine Spritze gegeben? Brrr! Ich seh die schönsten Sterne, Roslyn.» Er faßt ihre Hand und hält sie fest. Gay, dessen Arm auf der Lehne von Roslyns Stuhl liegt, grinst unbehaglich. Roslyn streichelt Perces Hand und zieht dann ihre Hand zurück.

Perce bemerkt es nicht und nimmt ihre Hand wieder. «Ich sah niemals vorher Sterne. Hast du je Sterne gesehen, Gay? Der verdammte Stier hatte die ganze Milchstraße in seinem Huf.» Gay lacht. Guido lächelt mit heimlicher Befriedigung. Roslyn fühlt sich hin- und hergerissen zwischen der Sorge um sein Befinden und dem Wunsch, ihre Erleichterung, daß er noch lebt, zu feiern.

«Sag mal, warum hast du im Krankenwagen geheult? War sie das, Gay?»

«Natürlich war sie's.»

Perce erhebt sich von seinem Stuhl und schüttelt heftig ihre Hand: «Also, ich möcht' dir danken, Roslyn.»

Ein Barmann stellt zwei Gläser Whisky vor jeden hin, und Perce hebt seines hoch.

Perce: «Auf das Wohl meines alten Kumpels, den alten Gay!»

Roslyn: «Gay ist nicht alt!»

Perce: «Und hier zum Wohle des ollen alten Piloten! Und auf sein olles Fünf-Dollar-Flugzeug!» Sie alle haben ihre Gläser erhoben. «Und auf meine Freundin Roslyn! Wir sind alle Kumpels, nicht wahr, Gay?»

Gay grinst, um Perces wachsende Ernsthaftigkeit zu zerstreuen: «So ist es!»

Der Spielautomat spielt «Charley, my Boy».

Perce: «Warum wirst du denn böse auf mich, Kumpel? Kann ich mit ihr tanzen, Gay?»

Gay: «Natürlich! Roslyn, warum tanzt du nicht mit Perce?»

Roslyn: «Okay.» Sie steht auf und geht mit Perce zur Tanzfläche.

Guido: «Nichts ist so schön, wie jung zu sein, nicht wahr, Gay?»

«Stimmt. Aber du weißt, was man sagt – es gibt manche, die im Laufe der Zeit immer jünger werden!» Er grinst Guido an, der sich umdreht, um die Tänzer mit einem leicht skeptischen Lächeln zu beobachten. Perce führt einen Steppschritt mit der flachen Sohle aus, und sie versucht mit ihm Schritt zu halten. Halb im Spaß, scheint er doch von einer alten Erinnerung erfaßt zu sein, als er sich mit steifer Würde bewegt.

«Mein Vater tanzte immer so.» Nun wirbelt er sie herum und fängt selbst an, um sie herum zu tanzen; er wird benommen.

«Was ist los?»

«Puh!»

Sie fängt ihn auf, als er stolpert. «Los, gehen wir, schauen wir uns die Welt an!» Er ergreift ihre Hand und führt sie durch eine Tür im Hintergrund der Bar. Sie blickt zurück und sieht, wie sich Gay betrunken in seinem Sessel umdreht. Sie winkt ihm zu, während sie durch die Hintertür hinausgezogen wird.

Sie tauchen hinter dem Gebäude auf. Abfall, ein Haufen leerer Schnapsflaschen und Bierkannen, kaputte Kartons liegen herum. Aber schon wenige Meter entfernt erstreckt sich die Wüste im Mondschein. Er schaut zum Himmel hinauf und wendet sich dann ihr zu. Wortlos setzt er sich auf den Boden, nimmt ihre Hand und zieht auch sie herunter. Sie sitzen Seite an Seite auf dem zerfetzten Sitz eines verlassenen Autos ohne Räder.

Nun lächelt er sie schwach an.

«Noch nie hat jemand meinetwegen geweint. Wenigstens schon seit langem nicht . . .» In wortlosem Gespräch, voll Sehnsucht, sie zu lieben und von ihr geliebt zu werden, erfaßt er ihre Hand. «Gay ist ein großartiger Kerl, nicht wahr?»

«Ja!»

«Ich möchte mich hinlegen. Okay?»

«Sicher!»

Er liegt in ihrem Schoß und bedeckt plötzlich seine Augen. «Zum Teufel mit diesem Stier!»

Sie streichelt seine Stirn. Er öffnet die Augen. «Ruh dich aus, du sollst nicht sprechen!»

«Ich weiß nicht, wohin du gehörst, weil du so herumsegelst. Gehörst du zu Gay?»

«Ich weiß nicht, wohin ich gehöre.»

«Junge, das trifft auch auf mich zu. Wie kommt es, daß so viel Vertrauen in deinen Augen ist?»

«Wirklich?»

«Als wenn du eben geboren wärst.»

«O nein.»

«Ich seh nicht gerne, wie sie Frauen hier herumschleifen. Obwohl viele von ihnen nichts dagegen haben.»

«Manche doch.»

«Hast du vorhin wirklich meinetwegen geweint?»

«Nun, du warst verletzt und ich . . .» Sie unterbricht sich, als sie sein verwundertes Kopfschütteln sieht. «Hat nie jemand um dich geweint?»

«Kein Fremder. Am 12. April vorigen Jahres wurde ich so schlimm getreten, daß ich einen ganzen Tag und eine ganze Nacht bewußtlos war. Bei mir waren ein Mädchen und zwei gute Freunde. Ich habe weder sie noch die beiden je wiedergesehen.»

«Sie haben dich allein gelassen?»

«Hör mal . . . Laß mich dich was fragen . . . Ich kann mit niemandem reden, verstehst du?» Sie wartet, daß er spricht. «Ich ... ich weiß nicht, wie man das macht.»

«Was meinst du?»

«Siehst du, bis zu diesem Jahr bin ich nie herumzigeunert. Ich bin nicht wie Gay und der Pilot, ich habe ein gutes Zuhause. Wenigstens hatte ich es. Und eines Tages, mein alter Herr ... wir waren draußen, und plötzlich: bums! fiel er um. Irgendwelche verfluchten Jäger.»

«Sie töteten ihn?»

«Mhm. Und ... sie veränderte sich.»

«Wer?»

«Meine Mutter. Sie war immer so würdevoll ... lebte neben ihm wie eine Heilige. Und dann bald besuchte uns dieser Mann, und sie ... sie änderte sich. Drei Monate später waren sie verheiratet. Nun gut, okay, aber ich sagte ihr ... ich sage also: ‹Mutter, kümmere dich darum, von Mr. Brackett eine Urkunde zu bekommen, weil ich der Älteste bin, und Papa wollte, daß ich die Ranch erbe.› Und natürlich kommt er am Hochzeitsabend zu mir und bietet mir Lohn an. Auf dem Besitz meines eigenen Vaters!»

«Was sagte *sie* dazu?»

Er schüttelt den Kopf in ungelindertem Schmerz, seine Stimme hat einen geheimnisvollen Unterton: «Ich weiß nicht; sie *hört* mich nicht. Sie ist völlig verändert. Verstehst du, was ich meine? Es ist, als ob sie sich gar nicht mehr an mich erinnert.»

Sie nickt und starrt vor sich hin.

«Verdammt, was ist eigentlich wichtig? Weißt du's?»

«Ich weiß nicht. Vielleicht ...» Sie sieht zum fernen Horizont, blickt auf ihr Leben zurück. «Vielleicht gibt es wirklich nur das, was im nächsten Augenblick geschieht, einfach das nächste, und wenn einem einer was verspricht, sollte man nicht dran glauben.»

«Mir könntest du glauben, Roslyn. Ich glaub', ich liebe dich.»

«Du kennst mich ja noch gar nicht.»

«Das macht nichts.»

Er hebt sein Gesicht zu ihr empor, aber seine Augen sind plötzlich schmerzzerrissen, und er faßt an seinen Kopf. «Dieser verfluchte Stier!»

Plötzlich schwingt die Hintertür auf und wirft das Licht der Bar auf sie. Gay kommt mit unsicherem Schritt heraus und blinzelt in der plötzlichen Dunkelheit. Er ruft: «Roslyn!»

«Wir sind hier!» Sie und Perce stehen auf.

Gay kommt heran und führt sie zur Tür.

«Komm, ich möchte, daß du meine Kinder kennenlernst.»

«Deine Kinder sind hier?»

«Sie sind zum Rodeo gekommen. Ich hab sie ein Jahr lang nicht gesehen. Du hättest sehen sollen, wie sie mich begrüßten, Roslyn! Sie warfen mich fast um.» Sie gehen durch die Tür und einen kurzen Korridor entlang. «Sie wird jetzt neunzehn. Sie ist so hübsch geworden. Zufällig sind sie hier zum Rodeo, beide. Großartig, was?»

«Oh, es freut mich für dich, Gay!»

Sie gehen in die Bar.

Gay zieht Roslyn an der Hand hinter sich her, und sie hält Perce bei der Hand. So kommen sie in die gedrängt volle Bar. Dort steht Guido, so betrunken, daß sich ihm alles vor den Augen dreht. Die Luft ist dick von Rauch und Jazz. Perce blinzelt angestrengt, um sehen zu können. Roslyn beobachtet ihn ständig, auch jetzt, da sie Gay begleitet. Gay erreicht Guido als erster. «Wo sind sie?»

«Wo sind wer?» Guido wendet sich ihm langsam zu.

«Meine Kinder! Ich sagte ihnen, ich wäre in einer Minute zurück. Du hast es doch gehört!»

«Gingen dort hinaus.» Guido zeigt auf die Tür zur Straße und betrachtet dann abschätzend Roslyn und Perce.

Gay sieht verletzt und verärgert aus, er drängt sich zur Tür und geht weg. Sein Blick schweift über die parkenden Wagen, die vorbeigehenden Leute und die bewaffneten Polizisten; laut ruft er: «Gaylord! Gaylord?»

Jetzt führt Roslyn Perce aus der Bar. Guido folgt ihnen, eine Flasche in der Hand. Gespannt beobachten Roslyn und Guido Gay. Perce hingegen lehnt seine Wange an einen Kotflügel und versucht, ihn zu umarmen.

«Rose-May! Gaylord! Gaylorrrrd?»

Guido kommt an Gays Seite, einen ratgebenden Ausdruck im Gesicht. Roslyn kümmert sich weiter um Perce.

Guido blökt: «Gaylord! Hier ist dein Vater!» Er schwankt und zeigt auf Gay.

Jetzt drängen sich Leute um sie, manche ernsthaft neugierig, manche kichernd, manche betrunken. Roslyn bleibt mit Perce dicht hinter Gay, und Guido beobachtet Gay. In seinen Augen schimmern Tränen.

«Gaylord? Wo bist du hingegangen? Ich sagte dir doch, daß ich gleich zurückkomme! Komm nun!»

Eine Frau in mittleren Jahren, gekleidet wie eine Bäuerin, tritt zu Gay. «Sorgen Sie sich nicht, Herr. Sie finden sie wahrscheinlich zu Hause.»

Gay sieht die Sicherheit, die aus ihrem mitfühlenden Lächeln strahlt. Er dreht sich um und klettert auf die Kühlerhaube des Wagens. Er ist schwer betrunken und ganz durcheinander. Er überschaut die dichtgedrängte Straße von seinem erhöhten Stand. Roslyn und Guido sehen zu ihm auf, und er erscheint ihnen doppelt so groß als sonst. Betrunkene torkeln durcheinander, die Barlichter hinter ihnen blinken irrwitzig; die bewaffneten Polizisten in den Eingängen sehen stumpf herüber und der mißtönige Jazz umzuckt ihn wie Blitze. Sein Hut sitzt schief, die Augen sind verwirrt, Not flammt auf seinem Gesicht und er brüllt: «Gaylord! *Ich weiß, du hörst mich!*»

Um den Wagen steht nun eine dichte Menge, fremde, unbekannte Gesichter. Gay schlägt mit der Faust auf das Wagendach. «Ich weiß, du hörst mich! Rose-May! komm jetzt her!» Plötzlich rutscht er auf der Motorhaube aus und rollt zu Boden, flach auf den Rücken.

Roslyn schreit schrill und läuft zu ihm, als die Menge brüllend lacht; schnell hebt sie seinen Kopf hoch und küßt ihn.

«Ich bin sicher, sie suchen dich, Gay. Sie müssen gedacht haben, du bist weggegangen.» Er starrt sie stumpfsinnig an. «Oh, armer Gay, armer Gay!» Neben ihm in der Gosse hockend, liebkost und wiegt sie seinen Kopf.

9

Der Wagen fährt rasch die dunkle Autostraße entlang. Guido lenkt, der Hund schläft neben ihm. Auf dem Rücksitz hat Roslyn einen Arm um den bewußtlosen Perce, dessen Beine aus dem Fenster heraushängen, den anderen um Gay gelegt, der an ihrer Brust schläft. Ihre Augen sind geschlossen.

Plötzlich schlingert und holpert der Wagen, und Guido versucht, ihn wieder auf die Fahrbahn zu bringen. Einen Augenblick lang erfassen die Scheinwerfer eine Gestalt am Straßenrand, die davonrennt. Der Wagen schwenkt auf die Autobahn zurück. Am Straßenrand steht ein Mann auf, klopft sich ab, hebt sein Bündel auf und geht ungerührt weiter. Es ist der Indianer.

Es geht wieder flott voran, Roslyn hat die Augen geöffnet. Sie ist betrunken und erschöpft, ein Gefühl der Machtlosigkeit bedrückt sie. Guidos Gesicht hat einen unbestimmten frohen Ausdruck, während er steuert. Ihre Stimme klingt hilflos und monoton, wie im Traum: «Fährst du nicht zu schnell? Bitte, ja?»

«Keine Sorge, Kleine! Ich bring nie jemand um, den ich kenne!»

Der Tachometer klettert auf hundertzwanzig.

«Ein Kerl fuhr meine beste Freundin zu Matsch. Alles, was man fand, waren ihre Handschuhe. Bitte, Guido. Sie war schön, hatte schwarzes Haar ...»

«Sag hallo zu mir, Roslyn!»

«Hallo, Guido. Bitte, ja?»

Sein Blick ist glasig und seltsam gelöst, als wäre er in einem Winkel seines Wesens glücklich. «Wir sind alle blinde Bombardierer, Roslyn — wir bringen Leute um, die wir nicht mal gesehen haben. Ich bombardierte neun Städte. Ich muß eine Menge Geschirr zerbrochen haben, aber ich habe es nie gesehen. Denk an all die kleinen jungen Hunde, die in die Luft gingen, und Postboten, Brillen ... Junge! eine Bombe werfen, das ist wie eine Lüge sagen... hinterher ist alles so still. Sehr bald hört und sieht man nichts mehr. Nicht mal die eigene Frau. Der Unterschied ist, daß ich *dich wirklich sehe.* Du bist die erste, die ich je wirklich sah.»

«Bitte, Guido, töte uns nicht...»

«Wie lernt man jemand kennen, Kleine? Ich kann nicht landen. Ich kann auch nicht nach oben zu Gott. Hilf mir! Ich sagte noch nie in meinem Leben: hilf mir. Ich *kenne* niemand. Läßt du mir etwas Zeit? Sag ja! Sag wenigstens hallo Guido!»

Sie kann den mörderischen Ansturm des Fahrtwinds hören.

«Ja. Hallo, Guido.»

Bei fast hundertvierzig sinkt jetzt die Tachonadel wieder.

«Hallo Roslyn!»

Die Scheinwerfer treffen das dunkle, unfertige Haus, leuchten die rohen Außenwände an und das Holz und das Baumaterial, das auf dem Boden herumliegt. Der Motor ist jetzt abgestellt, aber die Scheinwerfer bleiben an.

Niemand im Wagen rührt sich. Guido starrt erschöpft auf sein Haus. Der Hund schläft neben ihm. Er öffnet die Tür und wälzt sich aus dem Wagen. Er öffnet die hintere Tür und schaut stumpfsinnig hinein.

Roslyn sitzt aufrecht und schläft. Perce schläft noch immer auf ihrem Schoß, seine Füße ragen aus dem Fenster. Gay liegt auf dem Boden. Guido starrt sie an, voller Sehnsucht und Selbstmitleid. Er sieht auf Perce, dann auf Gay, und, als störten sie ihn unerträglich, tritt er vom Wagen zurück und geht in die Dunkelheit.

Lautes Hämmern öffnet Roslyns Augen; Gay setzt sich auf.

«Okay. Ich werde lenken. Ich werde lenken.»

«Wir sind da, Gay!»

«Wo?»

Durch die Windschutzscheibe entdeckt sie etwas im Licht der Scheinwerfer. Sorgsam gleitet sie unter Perces Kopf hervor und aus der Tür, und geht schwankend – wie gebannt – auf das Haus zu. Sie geht im Scheinwerferlicht, die Hammerschläge sind nur wenige Schritte entfernt. Grauen zeigt sich auf ihrem Gesicht.

Guido hämmert betrunken eine Holzplatte an die unfertige Hauswand. Sie sitzt schief; aber er gibt ihr einen letzten zufriedenen Schlag, dann geht er zum Holzhaufen, nimmt eine andere Platte, stolpert fast und lehnt sie an die Wand, um sie neben die vorher angenagelte Platte zu nageln. Er hämmert wie im Traum, und die Freude und der Schmerz, die aus der Befreiung von irdischer Logik entstehen, treiben doch einer immer weiter entfernten Mitte zu.

Roslyn tritt auf ihn zu, wagt aber nicht, ihn zu berühren. «Oh, es tut mir leid, Guido. Guido? Es tut mir so leid.»

Er hämmert schweigend weiter. «Wirst du dir nicht auf die Hand schlagen? Es ist so dunkel? Es ist dunkel, Guido, sieh, wie dunkel es ist.» Er hämmert weiter. Sie dreht sich halb um, breitet die Arme aus und schaut in den Himmel. «Sieh, alles ist dunkel!» Ein Schluchzen bricht aus ihr hervor. «Bitte! Bitte hör auf!»

Aus der Nähe ruft Gay ärgerlich: «Warum zum Teufel zertrampelst du die Blumen?»

Roslyn wendet sich Gay zu, der zu Guido geht, ihn an der Schulter umdreht und sich niederbeugt. «Du hast die ganzen Heliotrope geköpft.»

Gay liegt nun auf Händen und Knien und versucht, die geknickten Blumen wieder aufzurichten. Guido sieht stumm zu, den Hammer in der Hand.

Gay: «Sieh dir das an. Jetzt sieh dir das an!» Er hält einen abgerissenen Stengel in die Höhe. «Wozu, zum Teufel, war das nun gut?»

Roslyn: «Er versuchte, das Haus in Ordnung zu bringen.»

Schwankend sich aufrichtend, fragt Gay drohend: «Wer hat ihn gebeten, das Haus zu richten?»

Roslyn: «Nein, nein! Bitte, Gay: Er... will mich ja nur begrüßen. Es ist doch kein Verbrechen, ‹hallo› zu mir zu sagen.»

Hinter sich hören sie Perce rufen: «Wer macht das?»

Sie drehen sich um und sehen Perce in das Licht der Scheinwerfer taumeln; er versucht, Kopf und Arme von dem meterlangen Verband zu befreien, der sich gelöst hat. Er bekämpft ihn wie haftendes Spinnweb, wendet sich um und um, um den Anfang zu finden.

«Wer macht das?»

Roslyn eilt auf ihn zu. «Nicht! Nimm ihn nicht herunter!» Sie erreicht ihn und versucht, seine Arme zu befreien.

«Mach es ab. Was ist das da auf mir?»

«Hör auf, ihn zu verwickeln. Es ist dein Verband.»

Er hört auf zu fuchteln und schaut auf den Verband, als sähe er ihn zum ersten Mal. «Was für ein Verband?»

Roslyn muß trotz ihrer Sorge lachen. Einige Meter weiter lacht Guido ruhig und tief mit verglasten Augen. Gay spürt das Ansteckende des Gelächters. Während Roslyn die Hysterie des Lachens über sich kommen fühlt, versucht sie, den Verband wieder aufzuwickeln. «Er ist für deinen Kopf.»

Perce: «Meinen –» Er bricht ab, als seine Hände den Verband um seinen Kopf fühlen. «Habe ich das die ganze Nacht umgehabt?» Er sieht ärgerlich auf Guido und Gay, die nun vor Lachen brüllen, und sagt: «Wer hat mir das umgebunden?» Er versucht, seinen Kopf zu befreien.

Roslyn bemüht sich, ihm die Hände festzuhalten. «Die Ambulanz tat es. Nimm ihn nicht ab.»

Perce wickelt die Bandage weiter ab: «Ihr habt mich die ganze Nacht übervorteilt? Wer hat mir das umgebunden? Gay ... du?»

Er stürzt sich auf Gay, stolpert über ein Brett, und der ganze Holzhaufen poltert mit großem Krach über ihn. Guido und Gay bringen sich um vor hysterischem Lachen.

Roslyn, zwischen Lachen und Weinen, versucht Perce unter dem Holz hervorzuziehen. «Helft ihm auf, Gay, komm her! Guido! Tragt ihn, bitte. Er kann sich allein nicht helfen.» Die Männer kommen, um ihr zu helfen, und noch immer irrsinnig lachend, heben sie Perce auf und tragen ihn fast zur Haustür. Sie geht vor ihnen hinein.

In ihren Armen hängend, fragt Perce: «Wer hat mir das umgebunden? Wer ließ mir das die ganze Nacht um?» Sie und Guido tragen ihn durch die Tür. «Wo bin ich? Laßt mich allein. Was ist das für ein Ort?» Er liegt auf einer Couch, während sich Guido in seinem Lieblingssessel rekelt, um Atem zu schöpfen.

Roslyn: «Das ist mein Haus ... oder Guidos.» Sie lacht. «Jedenfalls ist es ein Haus.»

Perce schließt seine Augen. Plötzlich ist das Haus still. Sie deckt Perce mit einer indianischen Decke zu, und die Berührung weckt Widerstand in ihm. «Nein, Ma. Nicht.» Er wendet sein Gesicht ab.

Nun steht sie da und sieht Gay draußen auf der Schwelle sitzen. Sie geht zu ihm hinunter und streicht ihm das Haar aus den Augen, er nimmt ihre Hand. Eine seltsame Innerlichkeit, ein nacktes Flehen steht in seinen Zügen.

«Wünschte, du hättest Gaylord getroffen und Rose-May. Wenn ich noch einmal ein Kind hätte, wüßte ich genau, wie ich mit ihm umgehen müßte, was ich tun müßte. Ich verschwendete diese Kinder, ich hatte keine Ahnung.»

«Ach nein, ich bin sicher, sie lieben dich, Gay! Geh nun schlafen.»

Er faßt ihre Hände, damit sie nicht weggehen kann. «Würdest du je ein Kind wollen? Von mir?»

Sie streichelt seine Hand und will sich abwenden. «Laß mich nur eben die Scheinwerfer am Wagen ausschalten.»

Er richtet sich auf und hat Mühe, wieder fest auf den Beinen zu stehen.

«Warum willst du jetzt nicht schlafen ...»

«Ich will jetzt nicht schlafen!» Auf unsicheren Füßen taumelt er vor ihr her. «Ich fragte dich etwas! Bat ich dich, die Wagenlichter abzudrehen? Wovor läufst du die ganze Zeit fort?» Mit einer ausholenden Geste zu Fenstern und Wänden, die ihn fast umwirft: «Nicht mal für meine Frau putzte ich Fenster oder malte ich den Kamin. Oder pflanzte ich all die verdammten Heliotrope.»

Unvermittelt geht er zur Tür und ruft ins Haus: «Was tun die alle hier? Warum bringst du sie eigentlich her?»

«Ich brachte sie nicht her. Sie –»

«Was hast du vor? Ich weiß nicht, was du vorhast?»

In dem Versuch, ihn nicht zu beleidigen und doch die Wahrheit zu sagen, umarmt sie ihn. «Ich bin hier, Gay! Ich bin bei dir. Aber... was ist, wenn du dich eines Tages abwendest und mich nicht mehr magst? Wie da, als Perce verwundet wurde, da hast du mir einen Blick zugeworfen... Ich kenne diesen Blick und er macht mir Angst, Gay. Denn ich könnte nie bei einem Fremden bleiben.»

«Liebling, ich wurde etwas ärgerlich. Das heißt nicht, daß ich dich nicht gern hab'. Hat dich dein Vater nie geschlagen und dann in die Arme genommen und dir einen dicken Kuß gegeben?» Sie bleibt still. «Er hat es getan, oder?»

«Er war nie lange genug da. Und Fremde schlagen einen so, daß man es nie vergißt.» Plötzlich preßt sie sich an ihn, und er umarmt sie. «Oh, liebe mich, Gay! Liebe mich!»

Er hebt ihr Gesicht hoch und küßt sie. Sie lacht strahlend.

Roslyn: «Nun ist alles wieder gut, ja?»

Gay: «Ja, okay. Okay.» Weich lachend liebkost er sie.

«Schlaf nun. Du bist müde. Schlaf, Liebling.»

«Und morgen werde ich dir zeigen, was ich kann. Dann wirst du sehen, was leben heißt.»

Zustimmend nickt sie und schiebt ihn sanft zur Tür. Er geht in das dunkle Haus und redet weiter: «Wir würden es schaffen. Ich könnte Landwirtschaft machen. Oder vielleicht Viehzucht. Ich bin verdammt ein Kerl, Roslyn – der tüchtigste, den du je gesehen hast. Morgen zeig ich's dir, wenn wir in die Berge kommen. Es gibt nicht viele, die's mit dem alten Gay aufnehmen können. Wart nur ab.»

Sie hört das Bett ächzen, dann Stille. Mit unsicherem Schritt geht sie zum Wagen, greift hinein und drückt auf den Knopf. Die Scheinwerfer verlöschen. Nun steht sie aufrecht da und schaut auf den teilnahmslosen Mond, eine tiefe Traurigkeit durchzieht ihren Leib, ein Verlorensein – eine Frau, der das Leben verbot, ihre Einsamkeit aufzugeben. Sie ruft leise gen Himmel: «Hilf!»

Lange Zeit steht sie da, den drohenden Wolken hingegeben, die an den ins Nichts eilenden Sternen vorbeiziehen.

10

Eine Staubschwade bewegt sich über die Wüste, folgt Gays altem, aber immer noch brauchbaren Lastwagen. Auf der offenen Pritsche, an die Rückseite der Kabine geschnürt, ist ein Benzinfaß mit einer Handpumpe, die oben herausragt. Der Wagen holpert über den Salbei, hier und dort das gebleichte Skelett eines Tieres zermalmend, das der Winter tötete.

Gay lenkt den Wagen; Roslyn an seiner Seite hat den Hund im Schoß, die Schnauze liegt an ihrer Schulter. Perce spuckt aus dem Fenster. Seine Nase ist noch immer bepflastert. Die Sonne macht ihre Augen eng. Sie holpern dahin, vor ihnen breitet sich die Wüste aus.

Roslyn fühlt, wie der Hund zittert. Sie betrachtet ihn und wendet sich an Gay. «Warum zittert der Hund?»

«Er tut's immer hier oben.»

Plötzlich schießt Guidos Flugzeug niedrig über das Dach der Kabine, und sie sehen es gerade vor sich knapp über dem Boden den Bergen zufliegen, die Tragflächen winken einen Gruß. Ein Ruf der Überraschung. Gay winkt aus dem Fenster und beschleunigt den Lastwagen. Gay und Perce werden immer erregter durch die Gemeinsamkeit ihrer Unternehmung.

Tiefe Nacht bedeckt die Berge; es ist das Ende der Dämmerung, wenn das purpurne Licht blau wird. Sternsplitter taumeln über den Himmel. Die Berge warten geheimnisvoll und mächtig. Zu ihren Füßen glimmt das Lagerfeuer – das einzig Bewegte in der Welt.

Die vier sitzen um das Feuer herum. In der Nähe steht der Lastwagen und etwas weiter weg das festgezurrte Flugzeug; im Mondlicht und im Feuerschein blinken sie wie eingedrungene Ungeheuer, die vor dem Angriff ruhen.

Eine Lücke im Gespräch. Dann erzählt Guido eine Geschichte, unfähig seine Augen von Roslyn auf der anderen Seite des Feuers abzuwenden. Sie verstaut den letzten abgetrockneten Teller in der Kiste. Nun lauscht sie angespannt. Gay durchsucht das Fell des Hundes lässig nach Flöhen, und Perce wartet respektvoll auf Guidos nächstes Wort.

Guido schaut zum Himmel. «Der Stern da ist so weit weg, daß er vielleicht gar nicht mehr oben ist, wenn sein Licht auf die Erde kommt.»

Er sieht Roslyn an: «Mit anderen Worten, wir können nur sehen, was war, nie, was ist.»

Roslyn: «Du weißt sicher 'ne ganze Menge, nicht wahr, Pilot?»

Perce schüttelt den Kopf.

Guido: «Oh, Astronomie steht in allen Bibliotheksbüchern. Man braucht sie nur zu lesen.»

Roslyn sieht zum Himmel hinauf: «Und doch, es ist wunderbar, viel zu wissen.»

«Du besitzt etwas, das viel wichtiger ist.»

«Was?»

Guido, zum Himmel blickend: «Diese große Verbundenheit. Du steckst wirklich ganz darin. Was irgend jemand geschieht, geschieht auch dir. Das ist eine Gnade.»

Roslyn, lachend: «Die Leute sagen, ich bin einfach nervös.»

«Wenn es nicht ein paar nervöse Leute in der Welt gegeben hätte, würden wir einander immer noch auffressen.»

Gay, der plötzlich in die Hände klatscht, als wollte er sie reinigen: «Na, ich weiß nichts von euch gebildeten Leuten, aber wir unwissendes Volk müssen jetzt pennen.»

Er steht auf; eine gewisse Spannung zwischen ihm und Guido macht seine Bewegungen eckig.

Roslyn: «Warum zittert der Hund?»

Gay sieht auf den Hund und dann zu den Bergen. «Ich nehme an, er wittert die Pferde, Guido, sie müssen in der Nähe sein.»

Roslyn hat sich hingehockt, um den Hund zu streicheln. Plötzlich fletscht er seine Zähne und schnappt fast nach ihrer Hand. Sie springt entsetzt beiseite.

Gay wird prompt zornig. «He, du verdammtes Vieh. Komm her!» Der Hund kriecht auf dem Bauch zu ihm, und er schlägt ihn.

Roslyn: «Ach, schlag ihn nicht. Er wollte nichts tun! Haben die Pferde ihn mal getreten? Oder so was?»

Guido: «Er hat nicht vor den Pferden Angst.» Alle sehen ihn an. Er hat das kompakte Aussehen eines Mannes, der seinen Standpunkt behauptet. «Vor uns.»

Gay: «Was redest du da, Guido? Ich habe den Hund niemals mißhandelt.» Sein Ärger verschärft sich.

Guido verteidigt sich mit erhobener Stimme: «Einfach vor uns, Gay. Er war oft genug hier, um zu wissen, was passieren wird. Da oben gibt's wilde Tiere, die morgen abend tot sind.»

Roslyns Gesicht zeigt einen Anflug von Erstaunen. Aber die Männer nehmen an, sie wüßte es, und Guido fährt fort: «Woher soll er wissen, daß er nicht der nächste ist? Die sind nicht so dumm wie Menschen, weißt du.»

Gay öffnet Roslyns Schlafsack neben dem Feuer. «Hier, Liebling, kannst dich jetzt gemütlich und warm ans Feuer legen.»

Guido ist mit seinem eigenen Schlafsack beschäftigt. Perce jedoch wird von ihrem Gesichtsausdruck gefesselt.

Und nun sieht Gay, von ihrem Schlafsack aufblickend, daß sie sich nicht gerührt hat, und daß eine seltsame Angst in ihren Zügen liegt.

Endlich wendet sie sich ihm zu: «Ihr tötet sie?»

«Nein, nein, wir verkaufen sie dem Händler.»

Roslyn, mit kleiner Stimme, ungläubig, obgleich diese Nachricht sie irgendwo in ihrem Innern nicht überrascht: «Er tötet sie?»

Gay, ganz sachlich, eine Tatsache feststellend: «Es sind sogenannte Hühnerfutter-Pferde – man macht Hundefutter daraus. Weißt du –, das, was du im Laden für Hunde oder Katzen kaufst.»

Sie zittert. Er geht auf sie zu und will ihre Hand freundlich in die seine nehmen. «Ich dachte, du wüßtest das. Jeder ...»

Sanft zieht sie ihre Hand aus der seinen, starrt verständnislos in sein Gesicht, wendet sich um und geht in die Dunkelheit.

«... weiß das.» Er zögert einen Augenblick; dann, um seine Verlegenheit und alles andere vor Guido und Perce zu verbergen, nimmt er ihren Schlafsack auf und geht hinter ihr her. «Vielleicht ist es besser, wenn du im Wagen schläfst. Für den Fall, daß irgendwas herumkriecht ...» Er geht ihr in die Dunkelheit nach.

Er erreicht sie neben dem Lastwagen, wirft den Schlafsack hinein und breitet ihn aus. Ihre weitgeöffneten Augen sind unbewegt, sie zittert leise. Er dreht sie zu sich. Langsam hebt sie die Augen zu ihm auf. In ihrem Gesicht stehen Erstaunen und Schmerz, weil sich gegensätzliche Bilder von ihm in ihrer Vorstellung stoßen.

Gay: «Schlaf jetzt, komm!»

Er will sie hinaufheben, aber sie hält ihn sanft ab – sanft genug, daß er merkt, wie sehr sie Angst vor ihm hat. Sie schaut ihn an, als ob sie ihn nie zuvor gesehen hätte.

«Liebling, ich fange sie nur ein. Ich verkaufe sie dem Händler. Wie immer.»

Aber die Starre ihres Blicks löst sich nicht.

«Du brauchst mich nicht so anzusehen, Liebling. Jetzt siehst du mich an wie einen Fremden.»

Die drohende Gefahr der Entfremdung bricht sein Herz, und er nimmt sie mit einem unterdrückten Schrei in die Arme: «Liebling.» Er hält sie von sich ab, damit er sie ansehen kann.

Roslyn: «Ich ... ich dachte ...»

«Was?»

«Daß sie zum Reiten wären, oder ...»

«Gewiß, das waren sie, besonders als Weihnachtsgeschenke für Kinder. Weil es kleine Pferde sind, mochten die Kinder sie gern zu Weihnachten, verstehst du. Aber» – er lächelt fast – «Kinder fahren jetzt auf Motorrollern. Man nahm sie auch oft zur Zucht; Mustangblut macht die Rasse widerstandsfähig.»

Sie beginnt zuzuhören, ein Dilemma zu begreifen, in dem auch er gefangen ist.

«Als ich anfing, nahmen sie 'ne Menge von denen, die ich fing. Mustangblut zog alle Pflüge im Westen. Sie hätten sich hier nicht ansiedeln können, wenn nicht jemand Mustangs für sie fing. Es ... es hat sich eben alles verändert, siehst du? Ich mach das Gleiche, wie immer. Es ist nur so, daß andere ... alles änderten. Früher gab es nicht so was wie Hundefutter in Konserven. Es ... es war 'ne gute Arbeit, Liebling. Es war Männerarbeit, und ich kann sie. Und ich wollte, daß du siehst, was ich kann.» Er lächelt. «Außer im-Haus-herumsitzen und Möbel umstellen.»

«Aber sie töten sie jetzt.»

Er ist still und sucht angestrengt nach einer Antwort.

«Du ... du weißt, es ist nicht recht, nicht wahr? Du sagst das zwar, aber du weißt es.»

Gays Gewissen ist angerührt, und er kann seine Schuld nicht

allein tragen. «Liebling, wenn ich es nicht tun würde, täte es sonstwer. Sie jagen die ganze Zeit hier oben.»

«Mich kümmern die anderen nicht.»

«Du hast heute abend ein Steak gegessen, nicht? Und du –»

Roslyn hält sich die Ohren zu: «Das interessiert mich nicht!»

«Du hast Futter für meinen Hund gekauft, oder nicht? Was glaubst du, war in diesen Dosen?»

«Ich will es nicht hören!»

«Liebling, nichts kann leben, ohne daß etwas stirbt.»

«Hör auf!»

Sie klettert auf den Lastwagen und steigt in ihren Schlafsack, legt sich auf die Seite und bedeckt die Augen mit den Händen. Er zögert, dann zieht er sich auch hoch und setzt sich neben sie. Er weiß, daß er sie fast verloren hat; nur ihr sichtlicher Schmerz sagt ihm, daß es ihr nicht leichtfallen würde wegzugehen. Schließlich spricht er zu ihrem verborgenen Gesicht: «Roslyn, wir haben nie miteinander gespielt, du und ich. Ich sag' dir, ich will dich nicht verlieren. Aber du mußt mir ein bißchen helfen. Denn ich kann nicht finden, daß dies alles so schlimm ist, wie du es hinstellst. Ich weiß nur, daß alles andere Lohnarbeit bedeutet. Hier bin ich mein eigener Herr. Und das ist der Grund, warum du mich gern hast, oder?»

Wachsende Stille.

«Ich hatte dich gern, weil du gut warst.»

«Ich hab mich nicht geändert.»

«Doch, du hast. Dies ändert es.»

«Liebling, auch ein guter Mann kann töten.»

«Nein, er kann nicht.»

«Und wenn es schlecht ist, mußt du vielleicht ein bißchen Schlechtes neben dem Guten in Kauf nehmen, oder du wirst den Rest deines Lebens unstet umherirren.»

Plötzlich wendet sie sich ihm zu, die Augen voll Tränen.

«Was sollte mich hier festhalten? Du bist genau wie alle andern.»

Sie bricht in enttäuschtes Weinen aus und bedeckt ihr Gesicht. Einen Augenblick später berührt er sie mit der Hand. «Ja. Vielleicht sind wir alle gleich. Dich eingeschlossen.» Sie entblößt ihr Gesicht und stützt sich entrüstet auf die Ellbogen. Seine Stimme ist wieder ruhig. «Wir beginnen etwas ohne böse Absicht, etwas, das zu tun uns natürlich scheint. Und irgendwo auf dem Weg verändert es sich zu etwas Schlechtem. Wie Tanzen in einem Nachtclub. Du fingst damit an, daß du einfach tanzen wolltest, nicht? Und nach und nach kommt's heraus, daß die Leute nicht daran interessiert sind, wie gut du tanzst; sie glotzen dich aus einem ganz anderen Grund an. Und sie machen was Häßliches daraus, nein?» Erinnerung läßt ihren Ärger verfliegen, und sie legt sich zurück. «Ich hätte auch auf dich herabschauen können – einfach ein junges Mädchen, das sich in Nachtclubs für so und so viel pro Abend zeigt. Aber ich nahm meinen Hut vor dir ab. Denn ich kenne den Unterschied.»

Ihre Augen suchen die seinen. Er schaut zu den dunklen Bergen.

«Dies ... dies ist, wie ich tanze, Roslyn. Und wenn sie etwas anderes daraus machen, na schön ... ich kann die Welt ebensowenig lenken wie du. Ich jage die Pferde, um frei zu bleiben. Das ist alles.»

Roslyn: «Du ... nimmst deinen Hut ab ... vor mir?» Er beugt sich über sie und küßt sie auf die Lippen. «Du meinst es ernst, wirklich? Oh, Gay!»

Sie halten sich in der Stille umschlungen. Er springt vom Lastwagen herunter. Mit verwirrten Augen beugt er sich über sie und legt seinen Mund auf den ihren, und sie preßt seine Schultern an sich.

Er richtet sich auf und berührt ihre Augenlider. Er kehrt zum kleiner werdenden Feuer zurück, setzt sich auf seinen Schlafsack und zieht seine Schuhe aus. Perce und Guido liegen in ihren Schlafsäcken nahebei. Der Hund kommt und legt sich hin; Gay murmelt: «Schäm dich, du Narr!» Er klettert in seinen Schlafsack.

Guido dreht sich um. «Ich könnte sie morgen früh zurückfliegen, wenn du willst.»

Gay sieht Guido nur mit instinktivem, wenn auch noch ungeformtem Verdacht an.

Guido: «Ich wunderte mich schon, wieso sie einverstanden war, mitzukommen.»

Perce wirft eine Zigarette ins Feuer. «Sie hat ganz recht. Wenn man sich's überlegt, es hat nicht viel Sinn wegen fünfzehn Pferden.»

Gay seufzt. «Zerbrecht euch nicht die Köpfe über sie. Ihr geht's wieder sehr gut.»

Er dreht sich auf die Seite. Neben ihm liegt der Hund, den Kopf auf den Pfoten, die Flammen flackern in seinen Augen. Sein

Atem geht noch immer kurz und schnell. Gay sagt sehr sanft zu dem Hund: «Beruhige dich jetzt. Alle geben bloß an.»

Keiner rührt sich. Jenseits des hellen Kreises ist das Land leer. Die Nacht ist von den feuererleuchteten Augen des Hundes erfüllt, die den Bergen und den noch unsichtbaren Tieren zublinken, die sterben müssen.

II

Die ersten Strahlen der Morgendämmerung erhellen den Himmel. Perce steht auf dem Lastwagen und pumpt Benzin aus dem Faß in das Flugzeug. Guido steht auf der Tragfläche, hält das Rohr und sieht in den Tank.

Gay geht zu einer hügeligen Erhebung, die teilweise mit Treibsand bedeckt ist. Er faßt nach unten und zieht etwas hervor; eine Plane wird zurückgeschlagen und gibt einen Haufen Lastwagenreifen frei. Auf der Tragfläche hebt Guido die Hand, während er in den Tank guckt und ruft: «Okay! Genug.»

Gay ruft vom Reifenhaufen her: «Los, Perce, hilf mir hier!»

Perce springt vom Lastwagen, setzt sich hinter das Lenkrad und fährt im Rückwärtsgang zu den Gummireifen. Guido klettert von der Tragfläche in den offenen Führersitz und zieht eine Pistole hervor. Er lädt sie aus einem Patronenkasten.

Roslyn, die die Schlafsäcke aufrollt und zusammenbindet, blickt zufällig auf und sieht die Pistole in Guidos Hand, zögert, kehrt dann aber zu ihrer Arbeit zurück. Der Hund kommt zu ihr. Sie lächelt dem Tier zu, anfangs etwas furchtsam, faßt sie den Hund an und streichelt ihn. Glücklich ruft sie: «Er schnappt nicht mehr, Gay!»

Gay wirft gerade mit Perces Hilfe einen Reifen in den Lastwagen. Er wendet sich ihr zu und lächelt. «Meistens sehen die Dinge am Morgen etwas anders aus.»

Guido ruft vom Flugzeug her: «Ich glaube, ich bin fertig, Gay!» Er zieht eine zerrissene Luftwaffenjacke aus dem Flugzeug hervor, deren Lammfellfutter durch die Risse im äußeren Leder sichtbar ist. Er und Gay gehen zu den Enden der Tragflächen und binden das Flugzeug los. Perce befreit es am Schwanzende. Roslyn kommt und schaut zu. Perce tritt ihr an die Seite. Gay geht mit Guido zurück zum Pilotensitz.

Gay: «Wie willst du starten?»

Guido schaut zum Himmel und hält eine Hand in die Luft, um die Windrichtung zu prüfen. Dann zeigt er: «So!»

Gay geht zum Schwanzende, hebt es an und dreht das Flugzeug mit der Nase in Startrichtung. Dann geht er um das Flugzeug herum zum Propeller und wartet. Guido klettert in den Sitz.

Roslyn ruft, um die seltsam geladene Atmosphäre zu mildern, Guido fast fröhlich zu: «Junge, ist das eine Jacke! Bißchen windig, nich?»

Guido: «Hab 'ne Menge Ausflüge in diesem Ding gemacht. Würde sie für hundert Dollar nicht verkaufen ... Kugelsicher!» Sie kichern, als er hineinklettert und sich zurechtsetzt. Zu Roslyn: «Freut mich, daß du dich entschlossen hast, bei uns zu bleiben. So was wird's wahrscheinlich in der ganzen Geschichte nicht wieder geben, weißt du!»

Roslyn: «Sei vorsichtig!»

Guido dankt ihr schweigend für ihre Sorge. «Okay, Junge! Kurbel deinen Kumpel an und ab geht's! Abschalten!»

Gay sieht sich nach einem etwaigen Hindernis in seinem Rükken um, faßt den Propeller und dreht ihn einige Male. Guido setzt seine Fliegerbrille auf.

Guido: «Anschalten! Jetzt mit Gefühl!» Sie lachen. Gay dreht den Propeller, bis er in der Horizontale ist und reißt ihn dann hart herunter, aber die Maschine springt nicht an. «Noch mal! Und laßt uns beten!» Gay faßt den Propellerflügel mit besonderer Sorgfalt und zieht herunter. Die Maschine hustet und stirbt ab. «Das ist dies verfluchte Autobenzin. Okay, versuch's noch mal.»

Gay dreht den Propeller wieder durch. Die Maschine qualmt, hustet, und mit einem jähen Entschluß knattert sie dröhnend los. Guido schnallt sich an, legt die Pistole in den Schoß und, nach einem Gruß, bringt er die Maschine auf Touren. Das Flugzeug entfernt sich, gewinnt Geschwindigkeit und hebt sich in die Luft. Nun zieht es eine Schleife, kommt zurück, donnert über ihren Köpfen und zieht weg in die Berge. Sie drehen sich hinter ihm her.

Die drei blinzeln dem Auspuffqualm nach. Gay ist der erste, der sich bewegt; er sieht einen Augenblick lang auf Perce und Roslyn. Sie spüren seinen Blick. Ohne Grund fühlen sie sich von ihm getrennt, und er lächelt.

Gay: «Also, los geht's.» Er geht zum Lastwagen; Perce und Roslyn folgen ihm.

Guido nimmt seine Brille ab und schaut hinauf in den klaren blauen Himmel. Seine Lippen bewegen sich wie im Gebet. Er setzt seine Brille wieder auf und sieht nach unten. Die vorderste Bergkette zieht unter dem Flugzeug vorbei. Nun erscheinen die scharfen Innenwände und tiefen Täler, ohne Menschen, halb im Schatten, mit einem Grasflecken hier und dort. Eine verborgene, geheimnisvolle Welt öffnet sich. Das Flugzeug fliegt hart an den Gipfeln der Berge vorbei und folgt den Windungen der Täler, die Guido vom offenen Sitz aus überschaut. Plötzlich reißt er den Kopf scharf herum.

Sofort zieht er den Knüppel an; das Flugzeug steigt steil. Nun neigt er es und zieht eine Kurve, während die Maschine von den wechselnden Luftstößen erzittert. Er kontrolliert die Instrumente und faßt die Pistole mit der rechten Hand. Mit einem Blick seitwärts auf sein Ziel drückt er den Knüppel durch und geht zum Sturzflug über.

Schnell kommt die Herde auf ihn zu. Die Tiere galoppieren jetzt die Talwand entlang. Guido fängt die Maschine ab und schwebt über den Pferden, die Enden der Tragflächen sind nur wenige Meter von den Talwänden entfernt. Er zieht den Knüppel an, und das Flugzeug steigt. Er hält die Pistole nach unten, als er über die Herde hinwegfliegt, und drückt ab. Bei dem Schuß stürmen die Pferde noch schneller voran. Er wird sich bewußt, daß er den Atem angehalten hat, daß er im Augenblick der Beschleunigung ein unbekanntes Zittern in der Maschine gespürt hat. Mit einem Seufzer fliegt er gen Himmel, wendet in einer engen Schleife, orientiert sich nach der Herde und setzt von neuem zum Sturzflug an.

Das Lastauto holpert über die Salbeiwüste, dann überquert es die Grenze, wo Salbei und Erdreich enden und ein prähistorisches Seebecken beginnt. Es hat Lehmboden, gänzlich nackt, weiß und flach wie ein Tisch. Der Lastwagen hält in der Nähe einer kleinen Erhebung am Rande des Beckens. Perce stellt den Motor ab und steigt aus. Er schaut um sich, als Roslyn aus der Kabine steigt. Gay kommt von der anderen Seite des Lastwagens zu ihnen, und zu dritt suchen sie mit den Blicken das Seebecken ab. Die Stille ist vollkommen. Es geht kein Windhauch.

Roslyn: «Es ist ... wie ein Traum!»

Eingefaßt von den Bergketten erstreckt sich das Seebett, über vierzig Kilometer breit und so lang wie das Auge reicht. Nicht ein Grashalm oder Stein stört seine völlig glatte Oberfläche, von der sich Hitzewellen erheben. In der Ferne glitzert sie wie Eis.

Perce: «Ich hab' einmal ein Bild vom Mond gesehen. Es sah genauso aus.»

Gay: «Er wird die Pferde aus der Schlucht da heraustreiben.» Sie und Perce beobachten eine Öffnung in der Bergwand, die vielleicht eineinhalb Kilometer entfernt ist. «Gehört dies Land irgend jemand?»

«Wahrscheinlich dem Staat. Nenn es einfach Gottes Land. Perce? Laß uns das Faß runterheben.»

Gay geht zum Lastwagen, springt rauf und macht sich daran, das Benzinfaß loszubinden. Perce steht auf dem Boden und hilft, das Faß bis zur Kante des Lastautos zu wuchten. Gay springt wieder ab, beide Männer lassen es zu Boden und rollen es nach einer Seite. Roslyn sieht ihnen einen Augenblick lang zu, dann geht sie zur Kabine und beugt sich hinein. Der Hund liegt zitternd auf dem Boden. Zaghaft streckt sie die Hand nach ihm aus.

Gay geht zu einem der Gummireifen; er zieht ein Lasso daraus hervor, läßt es probeweise über seinem Kopf kreisen und wirft es aus.

Perce, der ihn beschäftigt sieht, geht zur Kabine und sieht Roslyn gegenüber hinein. Sie preßt ihr Gesicht gegen das des Hundes. Dann greift sie zum Rückspiegel, dreht ihn, um sich zu betrachten, sieht Perce und lächelt.

Er spricht, als wolle er sie warnen. «Ich würde 'n bißchen vorsichtig sein mit dem, was ich zu Gay sage. Wenigstens für 'ne Weile hier draußen.»

Gays Gesicht taucht neben dem seinen auf: «Ich brauch' das Fernglas.»

Perce tritt zur Seite. Gay schiebt sich durch die Tür des Lastwagens und achtet kaum auf Roslyn, die jetzt vor dem Rückspiegel den Staub aus den Haaren schüttelt. Er greift hinter den Sitz und zieht ein großes Fernglasetui hervor. Jetzt sieht er sie an, grinst, noch immer eine gewisse Unsicherheit im Blick, nimmt den Feldstecher aus dem Etui und setzt ihn an die Augen. Perce beobachtet ihn. Gay sieht durch das Fernglas lange zum Paß hinauf.

Roslyn geht zu ihm und zwingt sich zu einem fröhlichen Ton. «Siehst du irgendwas?»

Gay legt das Glas auf einen Reifen auf dem Lastwagen. «Klettre da rauf und mach's dir bequem. Wird noch 'ne Weile dauern.»

Er hilft ihr auf den Wagen, klettert nach, setzt sich in zwei aufeinanderliegende Reifen und läßt die Beine über die Kante baumeln; mit den Achseln stützt er seinen Körper.

Gay: «Mach's auch so! Es ist bequem!»

Sie macht es ihm nach. Perce besteigt den Lastwagen.

Roslyn: «Es ist bequem! Versuch's mal, Perce!»

Perce tut es ihnen nach, die drei sitzen still. Dann hebt Gay wieder das Glas und beobachtet.

Gay wendet sich an sie. «Du siehst heute wirklich hübsch aus, Liebling. Vielleicht gehen wir heute nach Reno zum Tanzen, okay?»

«Okay!»

«Ich hätte den Schirm für dich mitnehmen sollen, aber ich dachte nicht dran.»

«Mir geht's gut. Es ist nicht zu heiß.»

Sie streckt die Hand aus und berührt sein Knie beruhigend, denn sie sieht seine Angst um sie. Nun zieht sie ihre Hand wieder zurück und späht über das Seebett.

Gay betrachtet noch einen Augenblick ihr Profil. Er hat gespürt, daß sich ihr Gefühl für ihn abgeschwächt hat. Er wendet sich um und sieht Perce an, der an seiner anderen Seite sitzt. Perce starrt zum Paß, offensichtlich mit seinen Gedanken beschäftigt.

Für einen Augenblick starrt Gay ins Leere; dann wendet er sich ihr zu: «Ich vergaß gestern abend, dir etwas zu sagen.»

Sie sieht ihn mit lebhaftem Interesse an.

«Eine Menge Viehzüchter benutzen das Weideland da oben in den Bergen, und wenn sie Mustangs finden, dann schießen sie sie ab und lassen sie für die Bussarde liegen. Weil sie all das gute Gras wegfressen, weißt du?»

Sie nickt, daß sie verstanden hat, aber er sieht, daß es ihm nicht gelungen ist, ihre Reserve zu durchbrechen, und er wendet sich an Perce.

«Du weißt es doch auch, Perce, nich?»

«Was? Ja, sicher weiß ich das.»

«Warum sagst du's denn nicht?»

«Ich hab's doch grade gesagt!»

Gay hebt sein Glas. «Sind zu nichts nütze, diese Pferde, sie schaden nur. Das ist alles, Liebling.»

Er kontrolliert den Paß mit dem Fernglas, legt es hin und

spricht zu ihr, eine warme Erinnerung in den Augen. «Ich wollte, du wärst in den alten Zeiten hier gewesen.» Den Arm zum Paß ausstreckend: «Sie strömten aus diesen Pässen hervor, drei-, vier-, fünfhundert auf einmal. Und wir bauten uns weite Gehege hier draußen und trichterten sie geradewegs hinein. Es waren herrliche Tiere dabei. Wurden prächtige Reitpferde.»

Für eine Weile spürt sie die Tiefe seiner Erinnerungen. «Es muß wundervoll gewesen sein.»

«Das beste Leben, das ein Mann haben kann.»

«Ich wollte, ich wäre hier gewesen, damals.»

Perce: «Ich hör' was.»

Gay: «Was?»

Perce: «Tick, tick, tick, tick, tick.»

Gay: «Das ist meine Uhr.»

Roslyn: «Junge, ist es still hier! Man kann die Haut gegen die Kleider reiben hören.» Sie versucht zu lachen. Gay in seinem Reifen atmet tief und entspannend: «Ach ja!» Er lehnt sich zurück und schließt die Augen. Perce und Roslyn fühlen sich auf einmal verbunden durch eine gemeinsame Art, Gay zu sehen; und dies Gefühl verstärkte sich ständig in einem vorantreibenden Rhythmus. Sie sehen einander an, zu der Gewißheit gedrängt, ihn mit gleichen Augen zu sehen.

Perce: «Ich hör' was.»

Gay lauscht. Er hebt das Fernglas, sieht nichts, legt es wieder nieder.

Gay: «Was?»

Perce: «Einen Motor.»

Sie lauschen.

Gay: «Wo?»

Perce weist mit der offenen Hand in Richtung des Passes. «Da drüben.»

Gay, nachdem er einen Moment gelauscht hat: «Zu früh. Er kann noch nicht am Paß sein.»

Roslyn: «Warte.» Sie lauscht: «Ich hör's.»

Gay horcht angestrengt. Er ist leicht gekränkt, weil er nichts hören kann. «Nee – ist alles nur das Blut, das in deinem Kopf klopft.»

Roslyn: «Scht!»

Gay beobachtet sie. Perce lauscht auch angespannt.

Gay: «Ich hatte immer die besten Ohren von allen, also erzählt mir doch nich –»

Perce deutet plötzlich auf etwas und windet sich auf den Rand des Autoreifens: «Ist er das nicht?»

Die drei spähen in den fernen Himmel, Roslyn und Gay versuchen das Flugzeug auszumachen; dabei schieben sie sich zur gleichen Zeit aus den Reifen und setzen sich auf den Rand.

Plötzlich ruft sie aus und zeigt: «Ich sehe es! Dort! Sieh doch, Gay!»

Fast beleidigt durchforscht er den Himmel, dann hebt er widerwillig das Fernglas und sieht den Bergpaß ganz nahe; das Flugzeug fliegt heran, sogar im Fernglas winzig. Er legt das Glas hin und zwinkert heftig mit den Augen. «Er hat wohl nie so schnell gearbeitet. Ich hätte ihn gesehen, aber ich erwartete ihn nicht so bald.»

Perce: «Ich konnte ihn in der Sonne glitzern sehen. Es war das Glitzern. Darum.»

Gay scheint die Entschuldigung anzunehmen. Nun hört man sehr weit entfernt eine Explosion.

Roslyn: «Was ist das?»

Gay: «Er feuerte einen Schuß ab.»

Sie beobachtet den Paß mit wachsender Aufmerksamkeit und Faszination. Perces Blick gleitet besorgt zu ihr, dann wieder zum Paß. Sie schwitzen nun in der heißen Sonne.

Gay: «Ich hab' hier schon zwei bis drei Stunden gewartet, bis er herauskam. Darum sah ich ihn nicht.» Jetzt jedoch sieht er Perce an und nickt. «Hast doch gute Augen, Junge.» Er hebt das Fernglas wieder. Stille. Sie beobachten den Paß. Die Sonne steht höher, Hitzewellen steigen rings wie ein durchsichtiges Meer. Plötzlich richtet sich Gay auf.

«Da kommen sie! Eins ... zwei ... drei ... vier ... fünf ... sechs. Denke, er wird jetzt zurückfliegen, um die andern zu holen.»

Perce: «Laß mich mal durchgucken.»

Gay reicht Perce das Fernglas. «Siehst du die anderen schon?»

«Nein. Dort sind ... sechs. Und ein kleines Füllen.»

Roslyn bewegt sich; sie ändert die Stellung einer Hand, um ihre Spannung zu vermindern.

Gay bemerkt ihren Schock, ohne sie anzusehen, und fragt Perce: «Bist du sicher?»

«Ja, es ist ein Frühlingsfohlen.»

Gay, der den Paß beobachtet, kann Roslyns immer tieferes Verstummen neben sich spüren.

Perce hält das Fernglas in die Höhe. «Wirklich, es ist ein Fohlen.»

Er läßt das Fernglas sinken und sieht Gay an. Er sagt es endgültig, nicht gerade anklagend, aber dennoch fragend, was nun geschehen soll. «Es ist ein Fohlen, Gay.»

Gay nimmt besorgt, doch fast ohne einen Blick auf Perce, das Fernglas. Perce wendet sich wieder dem Paß zu, um ihn zu beobachten. Roslyn starrt auf Gays Profil, als ob es sich dauernd vor ihrem Geiste änderte. Nun läßt Gay die Gläser sinken und sieht sie voll an. Er will nicht verurteilt werden. «Willst du mal gucken?»

Er gibt ihr das Glas. Sie zögert, hebt es dann aber an die Augen. Die Linsen finden die Herde, die in einer Reihe galoppiert, das Fohlen am Schluß; seine Nüstern berühren fast den Schweif der Stute. Nun stürzt das Flugzeug von neuem auf sie herab, sie heben die Köpfe und galoppieren schneller. Das Bild wackelt, als Roslyns Hände die Sicherheit verlieren, und verschwimmt ins Bunte, als die Kraft aus ihren Händen weicht. Sie sitzt da, blind.

Gay steht und hebt den Feldstecher wieder. Sie reibt sich mit den Fingern die Augen. Man hört einen neuen Schuß. Sie öffnet die Augen; Perce und Gay sind von dem fernen Schauspiel gebannt. Sie steht auf und springt vom Lastwagen herunter. Perce sieht zu ihr hin.

Sie sagt kaum hörbar: «Vielleicht ist es im Wagen kühler.» Sie geht zur Kabine und klettert hinein.

Gay und Perce bleiben auf dem Lastauto und setzen sich wieder auf die Gummireifen. Mit einem Blick bemerkt Gay Perces neues Unbehagen. «Ist alles in Ordnung. Sie wird es schon schaffen.»

Perce macht keinen Versuch zu antworten. Er sieht sich irgendwie einer Herausforderung gegenüber. Ihre Haltung und ihre Bewegungen entspannen sich nun.

Perce: «Ich dachte, du sagtest, es wären fünfzehn. Sind aber nur sechs.»

«Vielleicht verlor er welche. Das kann passieren.»

«Wegen sechs hat es nicht viel Sinn, oder?»

«Sechs sind sechs. Besser als Lohnarbeit. Oder nicht?» Perce antwortet nicht. «Ich sagte, es ist besser als Lohnarbeit, oder?»

Perce, nicht mehr ganz überzeugt, besieht seine Schuhsohlen: «Finde, alles ist besser als Lohnarbeit.»

Sie sitzen schweigend. Dann kreuzt Gay die Beine.

«Perce? Wir haben die Gegend hier fast gesäubert, aber wenn

du wirklich an Geld interessiert bist, gibt es eine Stelle circa hundertfünfzig Kilometer nordöstlich – Thighbone Mountain. Ich hab' mich nie drum gekümmert, weil es furchtbar schwer ist, sie da herauszukriegen. Man muß zu Pferd da raufreiten. Aber ich glaube, es muß fünfhundert auf Thighbone geben. Vielleicht noch mehr.» Perce stiert schweigend zum Paß. «Dort gäbe es *wirklich* Geld. Du könntest dir 'n paar gute Tiere kaufen, vielleicht sogar 'nen Transporter – und zünftig an diesen Rodeos teilnehmen.»

Perce kann ihn nicht ansehen. Seine Stimme sagt merkwürdig ruhig: «Ich weiß es nicht, Gay. Ich sag' dir ehrlich, ich bin mir nicht mal mehr über Rodeos im klaren.»

«Junge, du stinkst schon nach Lohnarbeit.»

«Ich wollte, mein Alter wäre nicht gestorben. 'ne schönere Ranch hast du nie gesehen.»

«Junge, wenn du mit deinen Illusionen am Ende bist, bleibt dir nur noch richtige Männerarbeit. Und davon gibt es in diesem Land nicht mehr viel.»

Sie werden vom wilden Knurren des Hundes und von Roslyns Schreien hochgerissen. Beide springen vom Lastwagen, während Roslyn aus der Kabine springt und zurückweicht. Gay eilt zur Kabine und sieht den Hund auf dem Sitz, die Zähne gefletscht, knurrend.

Roslyn: «Er zitterte so –»

Gay greift hinein und wirft den Hund aus dem Lastwagen. Den Schwanz zwischen den Beinen kriecht er zu ihm zurück. Gay faßt hinter den Sitz, nimmt ein Stück Seil, knotet es an das Halsband und bindet den Hund an die Stoßstange. Der Hund kriecht unter den Wagen in den Schatten und legt sich hin. Gay geht nun zu der bebenden Roslyn. Er legt den Arm um sie.

Roslyn bleibt stehen, ihre Augen scheinen ihn darum zu bitten, sofort etwas zu tun, um das Tier zu beruhigen. «Er ängstigt sich zu Tode, Gay!»

«Ja, sogar Hunden kann man es nicht dauernd recht machen.»

Der Klang seiner Stimme mischt sich mit dem scharfen Ton eines Schusses ganz in der Nähe. Er sieht unwillkürlich zum Himmel und geht – seitwärts gewandt – zum Lastwagen, während er noch zu ihr spricht. Perce, wenige Schritte entfernt, wendet sich dem Flugzeug zu.

Gay: «Macht nichts, Liebling, und sieh zu, daß du dies eine Mal schaffst.»

Er kommt zum Lastauto, greift schnell hinter den Sitz und zieht zwei Eisenstangen und einen kurzgriffigen Vorschlaghammer heraus. Dann sieht er für einen Augenblick nach dem Flugzeug, das gerade einen Sturzflug beendet. Es ist nun viel näher, die Dellen auf den Tragflächen sind sichtbar. Die Pferde galoppieren geradeaus auf das nackte weiße Seebett zu, aber noch immer sind sie auf der salbeibewachsenen Wüste.

Gay geht nun geschäftig an Perce vorbei, der Roslyn anstarrt. Sie späht zu den Pferden. «Hilf mir hier, Perce!»

Perce folgt mit verträumten und seltsam nach innen gerichteten Augen Gay, der ihm eine Eisenstange reicht. Er hält sie senkrecht, während Gay sie in den Boden schlägt, ein Seil daran befestigt und dann, nachdem er einige Meter abgeschritten hat, die zweite Stange einschlägt und auch daran ein Seil bindet.

Nun läßt Gay Perce stehen, geht zum Lastwagen und wirft den Hammer hinter die Kabine. Er sieht kurz zu Roslyn hin. Mit geweiteten Augen starrt sie den Pferden entgegen. Gay geht wieder an ihr vorbei, macht den Hund los, führt ihn zu einer der Stangen und bindet ihn an. Die drei stehen schweigend und beobachten das Flugzeug und die Pferde, die nun den Rand des weißen Seebettes erreicht haben und durcheinanderlaufen. Sie verstreuen sich rechts und links, um auf der vertrauten Salbeiwüste zu bleiben, voll Angst, in die fremde überhitzte Luft über dem Lehmboden einzudringen. Zwei der Pferde wenden sich wieder den Bergen zu, und ein Hoffnungsschimmer erhellt Roslyns Gesicht.

Das Flugzeug steigt in einer langen Kurve hoch und stößt dann im Sturzflug herab, herab auf die Pferde, kaum einen Meter von ihren Köpfen entfernt. Guido hat sie zurückgetrieben, und nun stürmen sie auf das Seebett, wobei sie sich wieder formieren. Das Flugzeug schwebt nun über dem Seebett und steigt nicht mehr zu einem neuen Sturzflug auf.

Gay nimmt Roslyns Arm und bringt sie schnell zum Lastwagen, aber sie weigert sich einzusteigen. Sie bleiben stehen.

«Geh hinein, Liebling.»

Bevor sie sprechen kann, hebt er sie in die Kabine, schlägt die Tür zu, steckt schnell seinen Kopf hinein, dreht ihr Gesicht zu sich und küßt ihre Lippen. «Nun beobachte richtige Lassoarbeit!» Begeistert läuft er weg und springt auf den Lastwagen. Perce steht noch immer unentschlossen herum. «Komm hier herauf, Perce, laß sehen, was du kannst!»

Perce fühlt den Zwang in Gays Befehl und sieht auch Gays klaren Sieg – denn Roslyn sitzt bewegungslos in der Kabine. Er springt auf den Lastwagen.

Das Flugzeug landet nun auf dem Seeboden und rollt auf das Lastauto zu. Die Pferde traben jetzt nur noch, aber sie sind so weit weg, daß sie wie eingebildete Punkte erscheinen.

Als das Flugzeug rasch herankommt, reicht Gay Perce das Ende eines geflochtenen Ledergurts, dessen anderes Ende an dem Pfosten in Gays Ecke festgeschnallt ist. Perce legt den Gurt um seine Hüften und schnallt das Ende an den Pfosten in seiner Ecke, so daß die beiden Männer, wenn auch notdürftig, am Führerhaus festgebunden sind und nicht hinten herausfallen können. Gay wendet sich nun zu dem Haufen Autoreifen hinter sich, und nimmt ein aufgewickeltes Seil vom obersten Reifen. Auch Perce nimmt eins von dem Haufen hinter sich. Beide Männer fassen die Seile dreißig Zentimeter hinter den Schlingen, drehen sie in der Hand, bis sie ihren Drall verlieren und glatt durchhängen.

Das Flugzeug rollt heran, und der Motor stoppt, als es zwischen den beiden in den Boden getriebenen Eisenstangen ankommt. Guido springt aus dem Führersitz, läuft erst zur einen, dann zur anderen Stange und befestigt die Seile an den Verstrebungen des Flugzeuges. Der Hund, der an eine der Stangen gebunden ist, knurrt ihn an, aber er beachtet ihn nicht und zurrt das Seil fest. Die Brille auf der Stirn, ganz und gar in Anspruch genommen, trabt er hinüber zur Kabine und springt hinter das Lenkrad. Ohne Roslyn anzusehen, dreht er den Zündschlüssel, schaltet und rast mit Höchstgeschwindigkeit los über das Seebett, durch die Windschutzscheibe nach vorne spähend.

«Halt dich fest, wir werden 'ne Menge scharfer Kurven machen!»

Sie krallt sich ans Armaturenbrett, Erregung durchpulst ihr Gesicht. Das verblichene Air Force-Abzeichen auf seiner Schulter ist nahe an ihrem Gesicht.

Vor der Windschutzscheibe breitet sich das offene Seebett aus. Anderthalb Kilometer entfernt werden zwei schwarze Punkte schnell größer. Ihre Umrisse werden deutlich: zwei stehende Pferde, die das herankommende Lastauto beobachten, die Ohren vor Neugier steif hochgestellt.

Sie wendet sich Guido zu. Die Schutzbrille sitzt noch immer auf seiner Stirn; ein Ausdruck gierigen Abschätzens tritt in sein Gesicht. Sie fühlt die erste Wallung wirklicher Panik und sieht nach vorn, während ihre Hände das Armaturenbrett fester umklammern. Die beiden Pferde, jetzt neunzig Meter entfernt, wenden und galoppieren dicht nebeneinander davon, ihre Flanken heben und senken sich, die Nüstern sind gebläht. Guido steuert auf die fliegenden Hinterhufe der Pferde los. Nun drehen sie ab, und Guido wendet scharf mit ihnen — das Lastauto neigt sich gefährlich — und betätigt Brems- und Gaspedal gleichzeitig. Nun rennen die Pferde wieder geradeaus und entfernen sich dabei etwa einen halben Meter voneinander. Guido zwängt das Lastauto in diese Lücke, die sich rasch vergrößert, und beschleunigt noch mehr. Nun ist ein Pferd an jeder Seite des Wagens, auf gleicher Höhe mit den Kabinenfenstern.

Roslyn sieht auf das Pferd, das kaum einen Meter entfernt an ihrer Seite läuft. Sie könnte die Hand ausstrecken und seine Augen berühren. Es ist ein mittelgroßer, brauner Hengst, der vor Schweiß glänzt. Sie hört das hohe, schrille Keuchen seines Atems und das merkwürdig sanfte Klopfen seiner unbeschlagenen Hufe auf dem harten Seebett. Er greift aus, und seine erschreckten Augen wirken blind und gequält. Plötzlich fällt von hinten eine Schlinge über seine Ohren und hängt seitlich herab. Auf dem Lastauto schwingt Perce sein Lasso, um die Schlinge über den Hals des Hengstes zu werfen. Guido, der ihn nicht sehen kann, brüllt ihm an Roslyns Gesicht vorbei zu und ruft mit einem wütenden Drängen: «Mach schon, fang ihn! Wirf noch mal, Perce!»

In diesem Augenblick sieht Roslyn hinter Guidos Kopf, wie sich dem anderen Pferd eine Schlinge sauber um den Hals legt. Guido ruft aus dem Fenster an seiner Seite: «Prima, *Gay*!»

Hinter der Kabine kneifen Gay und Perce die Augen gegen den Wind zusammen, der an ihren Hutkrempen und Hemden zerrt. Gay, der sein Pferd gerade mit dem Lasso eingefangen hat, läßt nun das Seil locker. Das Pferd bricht nach links aus, weg vom Lastwagen. Das Seil strafft sich bis zum äußersten und reißt dann plötzlich den schweren Autoreifen von dem Haufen hinter Gay. Das Pferd spürt den Zug des nachschleifenden Reifens und das erstickende Zusammenschnüren der Schlinge, bäumt sich auf und bleibt stehen.

Der Lastwagen hat sein Tempo nicht verringert. Perce, der sein

Seil wieder aufgerollt hat, läßt es über seinem Kopf kreisen und wirft. Die Schlinge fällt über den Kopf des Hengstes. Nach rechts ausscherend, zieht er einen Reifen hinter Perce weg.

Gay ruft voll Freude: «Gut so!»

Perce gibt ihm einen dankbaren Blick zurück, Gay langt aus und klopft ihm lachend auf die Schulter. Plötzlich sind sie sich wieder einig.

Guido schlägt scharf ein, um die Richtung des Lastwagens zu ändern; Roslyn sieht vom Fenster aus zu, wie der Hengst von dem nachschleifenden Reifen zum Anhalten gezwungen wird. Jetzt wendet er sich mit gesenktem Kopf dem Reifen zu, dann bäumt er sich wieder auf, mit den Vorderbeinen fuchtelnd. Plötzlich beschleunigt der Lastwagen wieder und ändert seine Fahrtrichtung.

Roslyn schreit Guido zu: «Werden sie nicht ersticken?»

Guido: «Wir kommen gleich zurück.»

Sie rasen auf drei sich schnell vergrößernde Punkte zu; Formen werden erkennbar; die drei Pferde drehen um und rennen weg. Nun erscheint ein viertes, das Fohlen, hinter dem schützenden Körper der Stute. Das Fohlen läuft, die Nase im langen, vollen Schweif der Stute.

Beide Männer wirbeln die Lassos über ihren Köpfen, während sie sich seitwärts über den Lastwagen lehnen. Der Klang klappernder Hufe wird in ihren Ohren lauter und lauter. Gays Körper gleicht die Bewegungen des Lastwagens aus, seine Hände führen geschmeidig das Seil, geben ihm Form und Leben, und eine wilde Freude leuchtet in seinen Augen.

Perce ist nun dran, eine Länge hinter der großen Stute und dem Fohlen. Er bereitet seine Schlinge vor, und stellt sich fest hin. Plötzlich steckt Roslyn den Kopf aus dem Fenster der Kabine und sieht flehend zu ihm auf. Sie ist nur etwa eine Armlänge von dem Fohlen entfernt, das neben ihr galoppiert. Die Angst und der Schmerz in ihrem Gesicht erstaunen ihn. Und Gay brüllt gegen den Wind: «Fang das Pferd!»

Jetzt wirft Gay seine Schlinge über das Pferd an seiner Seite, Perce wirft sein Lasso. Es fällt über den Kopf der Stute, und sie schwenkt nach rechts ab, das Fohlen wechselt mit ihr die Richtung. Er dreht sich um und beobachtet die Stute, die von dem nachschleppenden Reifen gebremst wird, während das Fohlen fast Brust an Brust mit ihr läuft.

Das letzte Pferd trabt zum buschigen Rand des Seebettes und in die Sicherheit der nahen Berge. Guido sieht es und rast darauf los. Gays Lasso fängt das Pferd einige Meter vor der Salbeigrenze. Kaum ist es gefangen, fährt Guido im Bogen zurück, während das Pferd bockt und die erbarmungslose Schlinge von seinem starkmähnigen Hals abzustreifen sucht. Geradeaus, in weiter Ferne, sehen sie den Hengst. Während die anderen Pferde stillstehen, einige mit hängendem Kopf, trommelt der Hengst mit den Vorderhufen auf das Seil, stürzt sich auf den Gummireifen und schnappt mit den Zähnen danach.

Guido fährt schnell auf ihn zu, dabei sieht er Roslyn an. «Jetzt fesseln wir sie, damit sie nicht ersticken. Morgen früh holen wir sie mit dem Wagen des Händlers ab.»

Sie starrt auf den herannahenden Hengst, und als Guido den Lastwagen neben ihm angehalten hat, nimmt er ein Seil und steigt aus, ohne sich nach ihr umzudrehen.

Gay und Perce sind heruntergesprungen, und Guido schließt sich ihnen an. Sie sind jetzt zehn Meter von dem Tier entfernt und beobachten es. Schweiß verdunkelt sein Fell, es glänzt in der Sonne. Gay und Guido nähern sich ihm von zwei Seiten. Ihre Schritte sind leise und ihre Bewegungen behutsam. Das Pferd, das zum ersten Mal Menschen sieht, stampft plötzlich den Lehmboden, verdreht den Kopf und flieht seitwärts. Es wird von dem Reifenseil aus dem Gleichgewicht gerissen, strauchelt, fällt auf eine Schulter und springt wieder auf. Sein Atem pfeift jetzt in der Luftröhre, und aus einer Nüster tropft Blut; es senkt den Kopf, um zu husten. Die Männer nähern sich, heben die Seile hoch.

Roslyn: «Sind die anderen seine Stuten?»

Perce, der noch in der Nähe des Lastwagens ist, dreht sich schnell um und bemerkt, wie Roslyn ihn aus dem Fenster ansieht.

Er nickt. «Das war sein Fohlen.»

Gay: «Stell dich auf den Reifen, Perce!»

Perce gehorcht und rennt zu dem Reifen, der hinter dem Hengst herschleift. Das Tier, mit allen vieren in der Luft, landet unglücklich auf der Hinterhand und läuft noch ein Stück. Perce springt auf den Reifen, stemmt sich mit den Fersen in den Lehmboden und hält sich am Seil fest.

Wieder beäugt sie der Hengst, nach Luft ringend. Die Männer stehen still. Jetzt läßt Gay die Schlinge über seinem Kopf schwirren, und der Hengst macht einen vergeblichen Angriff auf Perce, der vom Gummireifen springt. Als der Hengst sich Gay einen Augenblick lang von der Seite zeigt, schleudert er die Schlinge den Boden entlang. Im Vorbeirennen tritt das Pferd mit dem rechten Vorderfuß in die Schlinge; Gay zieht das Seil an, und das Fesselgelenk ist gefangen. Gay läuft hinter das Pferd und wirft ihm das Seil über den Rücken; auf der anderen Seite zieht er es schnell fest, das rechte Knie knickt ein, und der Huf preßt sich gegen die Rippen des Hengstes. Schnell schleudert Guido seine Schlinge über den Kopf des Hengstes bis hinter die Ohren. Während Perce das Seil des Reifens um den Hals stramm hält, kniet Guido halb nieder, das Seil über seinen Schenkeln, und zerrt, so daß die beiden Schlingen von zwei Seiten ziehen. Sie zwingen den Hengst zu Boden. Auf der anderen Seite des Tiers wickelt Gay sich das Seil um den Arm und lehnt sich mit aller Kraft zurück. Der gefesselte rechte Huf des Hengstes wird noch strammer gegen seine Rippen gezogen, und langsam sackt er zusammen, bis sein Knie den Boden berührt. Ohne das Seil auch nur für einen Augenblick zu lockern, zieht sich Gay am Nylonseil Hand um Hand an den Hengst heran; und wie er einen halben Meter entfernt ist – Guido und Perce lehnen sich weiterhin mit ihrem ganzen Gewicht gegen die drosselnden Schlingen –, hebt er den Stiefel, setzt den Absatz auf die Schultern des Hengstes und stößt, so daß der Hengst auf die rechte Flanke fällt. Doch im Fallen schnellt sein rechter Huf heraus, und das Seil wird aus Gays behandschuhter Hand gerissen. Die Männer spritzen auseinander, als der Hengst hochschießt, sich in hohen Sprüngen auf sie stürzt und seinen Körper verdreht wie ein großer Fisch, der aus dem Wasser springt. Perce läuft zu dem schleifenden Gummireifen und stemmt sich hinein. Das Tier wird am Hals herumgerissen und steht da, keuchend.

Einen Augenblick lang stehen sie still. Jetzt geht Guido vorsichtig und nimmt sein Seil, Gay hebt das seine auf, das noch immer um die Fessel geschlungen ist. Nach einem Moment der Bewegungslosigkeit, in dem sich nur die Flanken des Pferdes heben und senken, wirft Gay das Seil jäh in die Luft über den Rücken des Pferdes, rennt gleichzeitig hinten herum, zieht wieder stramm und biegt das rechte Bein hoch. Diesmal hangelt er sich schneller an den Hengst heran, während Guido und Perce ihn niederzwingen. Als Gay ganz nahe ist, reißt er plötzlich an seinem Seil, und das Pferd geht auf ein Knie nieder. Zu ihrer Überraschung senkt sich seine Nase jetzt langsam und ruht auf dem Boden, als ob es eine Verbeugung machte, während Blut aus den Nüstern auf den Lehm fließt, und sein Atem kleine Wolken Tonstaub in die Höhe treibt. Gay stößt es mit dem Stiefel um, und noch bevor es umfällt, schlingt er sein Seil um die linke Vorderfessel. Er knotet beide Vorderhufe zusammen, schneidet das überschüssige Seil ab, meidet die noch freien Hinterfüße und nähert sich dann vorsichtig, bindet sie mit einer einzigen Bewegung zusammen und zurrt sie an die Vorderfüße.

Sie haben sie nicht sprechen hören; Roslyn ist aus dem Lastwagen gestiegen und spricht leise vor sich hin. Erst jetzt in der Stille spürt Perce ihre Gegenwart und dreht sich um. Sie lächelt, ihre Augen sind überlebensgroß. «Warum tötest du sie? Gay?» Sie geht auf die drei Männer zu, als ein Trommeln auf der Erde alle herumfahren läßt. Der Hengst ist aus seinen Fesseln ausgebrochen und seine Hinterbeine keilen frei, der Kopf schlägt den Boden. Gay stürzt zum Reifen und zerrt ihm den Kopf flach auf die Erde. «Halt hier fest, Perce!»

Perce nimmt ihm das Seil ab. Nun läuft er auf Guido zu, faßt dessen Seil und, im Kreis um das Pferd rennend, wirbelt er die Schlinge über seinem Kopf. Die Hinterhufe krachen gegen die Vorderhufe, und Gay weiß, daß der Strick um die Vorderhufe reißen kann. Er wirft seine Schlinge und fesselt die beiden Hinterhufe, nähert sich dem Kopf und zieht die Hinterbeine eng an, als er ihre Hände sieht.

Sie zieht an seinem Seil und versucht, es ihm aus den Händen zu winden, lächelt fremd und ruft vor seinem Gesicht: «Okay! Du hast gewonnen – du hast gewonnen, Gay!»

«Geh weg! Das Pferd ist wild!»

«O Gay, Liebling – Gay!»

Gay zieht am Seil und holt zur gleichen Zeit mit dem Arm aus; denn sie kommt mit ihrem Lächeln auf ihn zu, ihre Fäuste trommeln auf seinen Arm, sie fliegt rückwärts und fällt.

Da steht Perce vor Gay: «He!»

Einen Augenblick stehen sie einander gegenüber.

Gay: «Stell dich auf den Gummireifen.»

«Es war unnötig, sie zu schlagen.»

«Stell dich auf den Reifen, Perce. Ich will nichts hören. Mach, daß du auf den Reifen kommst und halt das Pferd!»

In der Stille, die über dem Seebett liegt, hören sie ihr Schluchzen. Sie sehen sie alle drei, als sie sich umdrehen und auf den Lastwagen zugehen; sie weint in ihre Hände.

Perce geht zum Reifen und hält das Nackenseil gespannt.

Gay fesselt dem Hengst die Hufe zusammen. Jetzt steht Perce auf. Keiner sieht zum Lastwagen. Gay zündet eine Zigarette an. Sie wischen den Schweiß von ihren Gesichtern. Roslyns Schluchzen dringt leise zu ihnen. Die drei Männer und der Hengst auf dem Boden atmen heftig. Das Pferd hustet. Guido betrachtet es und bemerkt die alten Narben auf Schultern und Kruppe. Die Spitze eines Ohrs ist abgebissen. «Junge, dieser Hurensohn muß jedem Hengst in Nevada das Mark aus den Knochen gekloppt haben.»

Perce sieht nun, daß Roslyns gedämpftes Weinen Gay, der auf den gefesselten Hengst starrt, getroffen hat. «Ich glaube, daß jemand, der wie sie zum ersten Mal hier oben ist, nicht findet, daß es sich für nur sechs Pferde lohnt. Wenn man nicht weiß, wie es früher war.» Der ironische, fast bittere Anflug eines Grinsens zieht über Gays Lippen. «Ich dachte nie daran, aber ich glaube, je weniger man tötet, um so schlimmer sieht es aus.»

Er hebt die Augen in die Ferne, und die beiden Männer kennen die Vision vor seinen Augen, das Bild der vielen hundert Pferde, die einst aus diesen Pässen strömten. Noch einmal blickt Gay auf den Hengst nieder. Verlegenheit, fast Scheu überkommt ihn, als er sich den andern zuwendet. Sogar seine Haltung wirkt plötzlich linkisch und nicht ihm eigen.

«Was haltet ihr davon, wenn wir ihr diese Herde schenken?» Guido lacht, er glaubt es nicht. Aber Perce faßt dankbar nach Gays Arm, als er Roslyn von hinten herankommen sieht.

Gay wendet sich ihr zu, und beim Anblick ihrer Augen erstirbt ihm das Angebot in der Kehle – eine unfaßliche Ferne ist in ihnen, eine Kälte, die bis in ihre Seele reicht.

Roslyn: «Wieviel willst du für sie haben? Ich will's dir bezahlen.»

Die Sehnen an Gays Hals versteifen sich. Mit zusammengekniffenen Augen steht er da, wie nach einer eisigen Dusche.

«Ich werde dir zweihundert Dollar geben. Ist das genug?»

«Gehen wir in den Wagen.» Gay geht an ihr vorbei.

Perce macht fast einen Satz hinter ihm her. «Aber Gay! Du sagtest doch gerade, du wolltest sie ihr schenken!»

Gay hält an und denkt nach. Der Schmerz steht in seinen Augen wie beißender Rauch. «Ich dachte daran. Aber ich verkaufe nur an Händler. Alles, was *die* kaufen wollen, sind Pferde.»

Ohne sich ihm zu nähern, Groll in der Stimme, stellt Roslyn fest: «Ich wollte dich nicht beleidigen, Gay.»

«War keine Beleidigung. Ich frag' mich nur, für wen du mich gehalten hast, seit wir uns kennenlernten. Das ist alles.»

Er geht auf das Lastauto zu und springt auf. Schweigend nehmen die anderen ihre Plätze ein, Guido hinter dem Lenkrad, sie neben ihm, Perce hinten mit Gay.

Guido läßt den Motor an und fährt langsam zum nächsten Pferd, das sie fesseln müssen. Er spürt die Wellen des Zorns, die von ihr ausgehen. Die Stille zwischen ihnen nagt an ihm. «Junge, was für ein Tag!»

Sie spricht nicht und sieht ihn auch nicht an.

«Ich bin eben fast gegen den Berg gerast. Ein Zylinder setzte aus, gerade am Ende des Sturzfluges. Ich sage dir, so knapp kam ich noch nie davon.»

Sie rührt sich nicht. Einen Augenblick lang sieht er sie bestürzt an, denn sie ist offensichtlich einem Nervenschock nahe.

«Ich weiß ... ich weiß, wie dir zumut ist. Ich weiß es wirklich ...»

Sie wiegt sich von einer Seite zur andern. Ihr innerer Aufruhr scheint es notwendig zu machen, daß er weiterspricht. «Ich selbst brauchte eine ganze Weile, um mich daran zu gewöhnen. Ich sag' dir ehrlich, das einzige, was ich daran mochte, war das Fliegen. Wirklich ... du kennst mich nicht. Ich hatte vor zu viel Dingen Angst. Ich mußte mich zwingen. Weil man nicht vor dem Leben davonlaufen kann, und das Leben ist manchmal grausam ...»

Sie hält die Hände an die Ohren, ein Stöhnen dringt durch ihre zusammengepreßten Zähne. Es ängstigt ihn.

«Vielleicht solltest du im Flugzeug warten. Willst du? Schau, ich weiß, wie dir zumut ist; aber ich kann hier jetzt nichts ändern. Ich kenne ihn. Dann wäre die Hölle los!»

Sie sieht ihm mit herausfordernder Verachtung in die Augen. Plötzlich wittert er einen Weg für sich selbst; sein Gesicht verrät, daß ihm etwas aufgeht, es zeigt eine neue Erregung.

«Hör zu! Willst du, daß ich dem hier ein Ende mache?»

Ihre Augen weiten sich vor Überraschung.

«Gay ist bei dir jetzt unten durch, stimmt's?» Sie scheint verwirrt, und er drängt weiter, überwindet sein Stammeln. «Also, sag's mir. Er weiß nicht, wie du eigentlich bist, Roslyn. Er wird's nie wissen. Komm mit mir. Gib mir eine Woche, zwei Wochen. Ich werde dir Dinge beibringen, von denen du keine Ahnung hast. Laß mich dir zeigen, wer ich bin. Du kennst mich nicht. Was sagst du dazu? Gib mir ein Anrecht, und ich werde dem hier ein Ende machen. Der Teufel wird los sein, aber wenn du mir ein Anrecht gibst, werde ich es tun!»

Die Kraft verachtender Empörung steigt in ihr auf, aber er sieht nur, was ihm freudige Erregung seinem Angebot gegenüber zu sein scheint. Und jetzt, als ihre Stimme ihn trifft, macht er fast vor Überraschung einen Satz.

«Ein Anrecht! Du! Sensibles Seelchen! So gefühlvoll? So traurig über deine Frau, vor mir flennst du wegen der Bomben, die du geworfen hast, und der Menschen, die du getötet hast. Du mußt was dafür kriegen, um menschlich zu sein? Dir hat im Leben noch niemand leidgetan, Guido! Du kennst nur die traurigen Worte! Du könntest die ganze Welt in die Luft sprengen, und der einzige, der dir leid tun würde, wärst du selbst!»

Ein Kreischen ist jetzt in ihrer Stimme und macht ihn frösteln. Er hält den Lastwagen neben der Stute und dem Fohlen an und steigt aus. Guido scheint wie durchbohrt, als er um den Lastwagen herum zu Gay und Perce geht, die gerade hinten herunterspringen. Er tritt nahe an Gay heran, blickt auf die Stute und sagt in einem merkwürdig vertraulichen, kameradschaftlichen Ton. «Nun ran an die alte Dame, los!»

«Sie ist fünfzehn, wenn nicht älter.» Gay rollt sein Seil ab, es liegt ihm lose in der Hand. Die Stute steht da, reckt den Kopf nach ihnen, wittert. «Würde wahrscheinlich den Winter nicht überstehen.»

Perce sieht, wie Roslyn sich beim Anblick der Stute mit einem wahnsinnigen Ausdruck in den Augen abwendet. Als sich Gay und Guido dem Tier nähern, stößt das Fohlen einen wiehernden Schrei aus, läuft einige Meter, stolpert und überkugelt sich; dann springt es auf, rennt zurück und prallt mit der Stute zusammen, die sich nicht regt.

Gay ruft über die Schulter: «Perce!»

Perce geht langsam auf den Reifen zu, setzt sich darauf und faßt das Seil.

Die Stute dreht sich um sich selbst, um Guido und Gay vor sich zu behalten. Bei ihr sind sie unbekümmerter in ihren Bewegungen als beim Hengst. Sie ist schwerfälliger, weil sie dicker ist und das Fohlen ihr dauernd in den Weg tritt. Sie nähern sich ihr vorsichtig, um eine günstige Stellung für den Wurf zu finden, und sie beobachtet sie mit erschrockenen Augen; doch liegt etwas Abwartendes in ihrer Haltung; die Wildheit fehlt. Das Fohlen macht eine Bewegung nach ihrem Euter und dann wirft es, als erinnerte es sich, den Kopf in die Höhe, um die herankommenden Männer zu beobachten.

Jetzt hält Gay an. Er ist auf der einen Seite der Stute, Guido vor ihr. Er wirft eine Schlinge hinter ihre Vorderfüße. Guido schreit und stürzt auf sie zu; sie tritt rückwärts in die Schlinge, die Gay zuzieht. Er läuft hinter sie und reißt plötzlich, um sie zu Fall zu bringen. Guido tritt an sie heran, schubst sie, und sie kippt um. Gay bindet ihre vier Füße zusammen und läßt den Strick fallen. Perce legt sein Seil hin, zieht die Knie an, stützt seine Arme darauf und schaut in die Ferne. Das Fohlen geht zu ihm und beschnuppert den Boden, einen Meter von seiner Hand entfernt.

Gay nimmt seine Zigaretten heraus. Guido schneuzt die Nase. Sie stehen mit dem Rücken zum Lastwagen. Die drei spüren Roslyns Augen auf sich, und dieses Wissen ist wie eine wütende See, auf der sie segeln und die in ihnen steigt und fällt; nach außen hin sind sie entspannt, als ob alles zwischen ihnen ruhig wäre.

Gay atmet tief, und Perce weiß, daß er sich jetzt zusammenrafft, um zum Lastwagen zurückzukehren und das Fesseln der übrigen Pferde zu besorgen. Der Schmerz in Gays Antlitz vertieft sich, und dieser düstere Ausdruck des Verlustes, die Suche nach seinem verlorenen Stolz – all dies ist gefährlich. «Wir können die anderen auf dem Rückweg festbinden. Was schätzt ihr, wiegt diese Stute?»

Als Guido den Körper der Stute abtaxiert, ist die Leere in seinen Augen wie ein See.

Nun dreht sich Perce langsam um. Roslyn sieht durch die Windschutzscheibe zum Himmel, und Perce weiß, daß sie jedes Wort hören kann. «Die bringt nicht mal Biergeld für sechse, Gay.»

Gays Augen haften trotzig auf Guidos Profil, während er auf die Zahl wartet und Perce nichts mehr sagt.

Jetzt sieht Guido ihn an.

«Sie kann dreihundert Kilo wiegen.»

Gay: «Die beiden Braunen um zweihundert, würde ich sagen.»

Guido: «Ja, etwa!»

«Jedenfalls müßten zweihundertfünfzig an dem Hengst sein.»

«Ich würde sagen, etwas weniger. So um die neunhundertfünfzig bis tausend Kilo alle zusammen.»

«Wieviel kommt dann dabei raus?»

Guido guckt rechnend in die Luft. «Also 6 Cent das halbe Kilo, das sind –» Er rechnet und bewegt stumm die Lippen.

In der kurzen Stille hören sie Roslyn hemmungslos schluchzen. Gay und Guido sehen sich in die Augen.

«Sollte so um die hundertzehn, hundertzwanzig Dollar sein, Gay.»

«Okay, wie willst du sie verteilen?»

«Wie du willst. Ich werde fünfzig für mich und das Flugzeug nehmen.»

«Okay. Ich glaube, ich sollte vierzig für den Lastwagen und mich bekommen. Dann bleiben fünfundzwanzig für dich, Perce. Einverstanden?»

Perce, der auf die Stute starrt, scheint nicht gehört zu haben.

«Perce?»

«Ihr beide nehmt alles. Ich kam sowieso nur wegen der Fahrt mit.»

Perce kehrt sich so scharf ab, daß die beiden anderen auffahren. Sie sehen Roslyn weggehen. Sie steuert auf das offene Seebett zu.

«Roslyn!» Gay macht einen Schritt und bleibt stehen.

Sie fliegt herum. Ihr Schatten fällt zu ihnen herüber. Vierzig Meter entfernt kreischt sie, krümmt sich wie im Schmerz und beugt sich vor, als ob sie ihnen ihren Haß entgegenschleudern wollte.

«Ihr Lügner! Ihr alle!» Die Fäuste ballend, schreit sie ihnen ins Gesicht: «Lügner!»

Entmutigt weicht Gay zurück.

«Ein Mann! Ein großer Mann! Du lebst nur, wenn du was sterben siehst! Alles töten, was anderes wollt ihr nicht. Warum tötet ihr euch nicht selbst und seid glücklich?»

Sie läuft auf sie zu, hält dann inne, als hätte sie Angst und sagt direkt zu Gay: «Du. Mit deinem Land Gottes! Freiheit!» Sie kreischt in sein Gesicht: «Ich hasse dich!»

Nicht länger imstande, dies zu ertragen, flüstert Gay: «Jetzt ist es aus, Roslyn.»

«Sicher – mehr als du je begreifen wirst. Aber du wolltest es nicht. Niemand will es. Ihr alle tut mir nur leid.» Sie sieht von einem zum andern und über sie hinweg zu eingebildeten anderen Menschen: «Alles wißt ihr, nur nicht, was es heißt, zu leben. Ihr seid drei liebe, süße tote Männer!»

«Sie ist verrückt!»

Bei dem unheimlichen Ton in Guidos Schrei drehen sie sich nach ihr um. Seine Augen treten in die Höhlen zurück, fanatisch, als ob ein Rachen ihn von innen erfaßte und verschlänge, während er dort steht. Kopf und Hände zittern, er scheint drauf und dran zu sein, sich vom Boden zu lösen und auf sie zuzufliegen; er wippt auf den Zehen. «Sie sind alle verrückt!» Jetzt entfernt er sich von Gay, kommt wieder zurück und schleudert Roslyn und dem Himmel hinter ihr seine Worte entgegen: «Man will es nicht glauben. Weil man sie braucht. Man braucht sie, aber sie sind verrückt!» Tränen schießen ihm aus den Augen und fließen über seine Wangen, aber sein Wüten dauert unvermindert an. «Man kämpft, man baut, man strengt sich an, man krempelt sich um für sie; aber nichts ist je genug! Es ist nie alles, etwas fehlt immer. Es muß immer vollendet sein, oder sie geben einem die Sporen! Wir fragen sie zuviel – und wir sagen ihnen zuwenig. Ich weiß es, ich trage die Male!» Er schlägt sich mit der Faust an die Brust, nach Atem ringend; an seinem Hals treten die Adern hervor. Plötzlich glotzt er stumpf zu Boden. Er geht weg und bleibt nach einigen Metern stehen, wirft den Kopf zurück und versucht, Luft zu schnappen. Sie, erschöpft, ins Leere blickend, beugt sich vor und scheint einzuschrumpfen; sie sitzt auf dem Boden und weint still. Perce betrachtet sie aus dem Augenwinkel. Gay geht um die niedergebrochene Stute herum zum Lastauto und klettert hinauf. Perce geht zu ihr hinüber, als ob er ihr aufhelfen wollte, aber sie erhebt sich, Tonstaub auf den Bluejeans, wankt zum Lastauto und steigt ein. Perce geht um den Wagen herum und setzt sich neben sie hinter das Lenkrad. Jetzt kommt Guido zurück, auf den Boden stierend, als ob er an sich selbst irre geworden wäre. Er springt auf. Der Lastwagen fährt an.

Gay sieht vernichtet aus, als wäre er in einem Handgemenge geschlagen worden, dessen Anlaß er nur halb begreift. Seine gegen den Wind zusammengekniffenen Augen verweilen auf den hohen Bergen, sehnsüchtig, als ob sie den Anblick der vielen hundert erwarteten, der großen Herden, die ins offene Land herabklettern, der großen Pferde und der süßen Stuten, die so schnell besänftigt sind, der geborenen Einhufer, der weich Dahingaloppierenden, die über den Boden fegen, ihn kaum berührend...

12

Das Klirren von Guidos Schraubenschlüssel ist das einzige Geräusch; sonst ist alles still. Er ist mit dem Einschrauben der vierten Zündkerze fertig, löst ein Kabel, setzt den Schraubenschlüssel an die fünfte, schraubt sie aus. Seine Taschenlampe, die er unter den Arm geklemmt hat, beleuchtet seine Hände. Er pfeift durch die Zähne, merkwürdig energiegeladen und wirft schnelle Blicke auf die anderen, übervoll von irgendeiner heimlichen Hoffnung.

Einige Meter entfernt steht Gay, starrt auf das sternenhelle Himmelsgewölbe, ohne etwas zu sehen. Von seiner Haltung geht Traurigkeit aus. Er hat die Hände auf die Hüften gestützt, als müßte er seinen Rücken stützen. Er wirkt erschöpft.

Perce hockt reglos auf den Fersen und raucht. Er sitzt zehn Meter von Gay entfernt und kann doch dessen Stimmung fühlen. Zu seiner Linken, in der Kabine des Lastwagens, lehnt Roslyn den Kopf an den Türrahmen, starrt über Perce hinaus auf ein gefesseltes Pferd, das auf der Seite liegt. Als die Nacht sich vertieft, ist nur seine noch dunklere bewegungslose Masse sichtbar. Roslyn schließt die Augen und scheint zu schlafen.

Gay ruft zu Guido hinüber: «Wie lange wird das noch dauern?»

«Nur noch einen Augenblick.» Guidos Stimme ist hoch und spröde. Er kratzt die Kohle von den Elektroden der Zündkerze und bläst die Teilchen weg.

Roslyn sieht, wie Perce aufsteht. Er geht zu ihr und verhält. Im Mondlicht erscheint sein Gesicht knochiger und hart. Er flüstert fast, spricht jedoch laut genug, um jeden Anschein einer Verschwörung zu vermeiden. «Ich lasse sie frei. Wenn du's willst.»

«Nein. Keinen Streit.»

«Er hat sich so hineingesteigert, daß er jetzt nicht mehr zurück kann.» Er sieht hinüber zu Gay, der ihnen den Rücken zuwendet.

Sie spürt in Perce die ungeduldige Liebe zu dem älteren Mann, und sie weiß, daß er unsicher ist, was er tun soll.

«Es macht sowieso nichts mehr aus.» Sie blickt auf das gefesselte Pferd. «Es ist alles ein Witz – wie leicht finden sie sich damit ab, zu sterben! Es ist wie ein Traum, sieh, es bewegt sich nicht einmal. Schläft es?»

«Kann sein, sicher.»

«Könnten sie nicht das Fohlen hierlassen?»

«Es würde nicht bleiben. Es würde dem Lastwagen bis in die Stadt folgen und wahrscheinlich auf dem Wege umfallen.»

Er dreht sich um und lehnt sich an die Tür und sieht mit ihr auf die dunklen Formen des gefesselten Pferdes. «Ich wollte, ich hätt' dich schon viel früher getroffen. Es hätte mir 'ne Menge gebrochener Knochen erspart.»

Sie streckt ihren Arm nach ihm aus und berührt den seinen. Er sieht ihr ins Gesicht. «Ich hatte es schon fast aufgegeben, irgendwas zu erwarten.» Er nähert sich ihr und holt Atem. «Ich würde sie für dich losmachen.»

Sie hören Guidos Stimme und drehen sich schnell um; sie sehen, wie Gay zu ihm an den Motor geht. Guido reicht ihm die Taschenlampe, mit der er auf die Zündkerze in Guidos Hand leuchtet. Guido hält sie dicht vor die Augen, mißt den Elektrodenabstand, klopft leicht auf eine Elektrode, um den Abstand zu verringern, und prüft wieder. Sie können seine Stimme und sein leises Lachen hören.

Guido: «Laß den Kopf nicht hängen. Ehe du dich versiehst, kannst du dich wieder vor Mädchen nicht retten.»

Gay ist verärgert und will so schnell wie möglich weg.

Aber Guido redet weiter: «Ich dachte gerade ... ich weiß nicht, warum wir so dumm waren. Die Welt ist voller Berge ... Colorado, Montana, Kanada, sogar Mexiko; und wo es Berge gibt, muß es auch Pferde geben. Sicher könnten wir sie nicht mal alle abservieren, bis wir zu steif zum Gehen sind. Wenn wir nun 'ne Weile arbeiten und ich sogar mein Haus verkaufe – ich weiß sowieso nicht, wofür ich's unterhalte – und alles in ein gutes Flugzeug stecken ... könnten wir daraus ein gutes Geschäft machen.»

Gay legt sein Gewicht auf ein Bein, Widerwille und Ärger verstärken sich in seinem Gesicht.

Guido: «Wir haben die Pferde vorm Wiegen nicht mal getränkt.

Wir könnten fünfundzwanzig Kilo bei diesen fünf gewinnen, wenn wir sie saufen ließen. Wir haben die Sache einfach nicht ernst genommen.»

Guido mit einer ungeduldigen Geste auf seine Zündkerze verweisend, bewegt Gay kaum die Lippen: «Ich will weg hier. Los.»

Als Guido die Zündkerze in den Motor schraubt, strömt er Zuversicht aus. «Mit einem guten Flugzeug könnten wir von allen Plätzen nach Reno fliegen – bei den Mapes reinschauen, 'ne Zeit dableiben und wieder weggehen. Junge, wir würden niemand auf der Welt brauchen.» Er hat die Taschenlampe genommen und wartet auf Gays Antwort.

Gay ist rot angelaufen, als ob er sich anstrengte, etwas zu heben. Endlich stößt er mit gequälter Stimme aus: «Warum hältst du nicht das Maul, Guido?» Guido fährt bei diesem Grollen des Abscheus erschrocken auf. «Maul halten.»

Aber Guido lächelt direkt in Gays drohenden Blick. «Ich treffe dich morgen früh beim Händler. Wenn wir früh sind, kriegen wir seinen Transportwagen. Sechs Uhr, okay?»

Daß Gay nicht antwortet, ist seine Zustimmung, und Guido geht die Tragfläche entlang zum Führersitz und klettert hinein. Gay steht vor dem Propeller. «Okay, gib ihm eine Drehung – abschalten!»

Einen Moment scheint Gay nicht gehört zu haben. Seine Augen sind blicklos, nach innen gerichtet. Roslyn und Perce können ihn dastehen sehen.

«Dreh ihn, Junge!»

Gay wendet sich dem Flugzeug zu, langt in die Höhe und dreht den Propeller. Der Motor klingt wie eine Uhr, die aufgezogen wird. Gay scheint sich im Zeitlupentempo zu bewegen, zieht den Propeller herab, hebt dann langsam die Arme und zieht von neuem, um den Motor anzuwerfen. Perce geht am Lastwagen entlang, und Roslyn dreht sich nach ihm um. Er verschwindet hinter der Rückseite. Sie blickt wieder zum Flugzeug.

Guido: «Okay! Einschalten!»

Gay stellt sich jetzt fester hin. Der Propeller steht horizontal. Er legt beide Hände auf das Blatt, schwingt das rechte Bein über das linke, reißt schnell durch und springt beiseite, als der Motor losknattert und in ein puffendes Dröhnen übergeht. Er tritt an der Tragfläche entlang zurück, bis er freisteht. Guido bedeutet ihm vom Pilotensitz aus, auf den Hund achtzugeben, der noch immer an einer Verstrebung unter der Tragfläche angebunden ist. Gay winkt Guido zu starten.

Das Brüllen der Maschine schwillt an, und der Propeller sieht im Mondlicht aus wie ein Rad. Das Flugzeug springt vorwärts und federt am Halt der Bremsklötze zurück, als Guido den Motor warmlaufen läßt. Im Führersitz richtet Guido seine Taschenlampe auf die Meßgeräte. Nun donnert die Maschine mit höchster Tourenzahl.

Roslyn dreht sich schnell um und sieht, wie Perce sich neben sie hinter das Lenkrad setzt. Er läßt den Motor an. Durch die Windschutzscheibe sieht sie Gay, der den Hund festhält, als die Tragfläche des Flugzeugs über ihn hingleitet. Als das Flugzeug auf den Mond zufliegt, setzt sich der Lastwagen plötzlich in Bewegung. Unwillkürlich faßt sie Perces Arm, um ihn zurückzuhalten, aber er schaltet die Scheinwerfer ein und lenkt den Wagen in Richtung auf das gefesselte Pferd. Roslyn lehnt sich aus dem Fenster und sieht, wie das Flugzeug in der Dunkelheit verschwindet, Gay sich umsieht und merkt, daß der Lastwagen nicht mehr da ist. Er schwankt, erblickt sie und fängt an zu laufen. Die Bremsen des Lastwagens quietschen, er kommt neben dem gefesselten Pferd zum Stehen. Perce springt heraus und rennt auf das Pferd zu, ein offenes Taschenmesser in der Hand. Er lehnt sich über den Bauch des Pferdes und schneidet das Seil um die Hufe durch. Es strampelt, um auf die Beine zu kommen. Er läuft zum Autoreifen und kappt auch hier das Seil. Das Pferd, nun auf den Füßen, trabt einige Meter und steht steif. Perce läuft ihm nach, um es wegzuscheuchen, aber er sieht Gay auf sich zurasen, hört seine brüllende Stimme. Er springt in den Lastwagen, wirft den Gang hinein und drückt das Gaspedal bis auf den Boden. Die Räder drehen einen Augenblick durch, dann macht der Wagen einen Satz und braust ab.

Ein unartikulierter Befehl bellt aus Gays wütendem Gesicht. Er rennt auf das Pferd zu, das nun ohne Eile davontrabt. Das Seil hängt von seinem Hals, und Gay bückt sich danach; aber das Tier, das ihn wittert, fällt in Galopp. Gay springt nach dem Seil, stürzt, und das Pferd galoppiert in die Dunkelheit. Er steht wieder auf und dreht sich um sich selbst. Die Scheinwerfer des Lastwagens sind nun unerreichbar weit. Er läuft ihnen entgegen. Tränen laufen über seine Wangen, und zornige Rufe dringen aus seiner Kehle, aber größer als sein Zorn ist die klare Enttäuschung darüber, daß ihm sein Leben nach allem aus der Hand genommen worden ist und man ihn kleiner gemacht hat.

Der Lastwagen hält neben einem anderen Pferd. Perce springt heraus, schneidet seine Schlinge durch, eilt zurück zum Lastwagen und saust davon. Eine Woge von Schuld überflutet nun Roslyns Gesicht. Sie späht über das Seebett nach einem Zeichen von Gay. In ihrer Unsicherheit wendet sie sich an Perce. Seine Milde ist verschwunden, er scheint begeistert; eine wilde rebellische Freude liegt auf seinem Gesicht.

Guido ist bis an den Rand des Seebettes geflogen. Für einen Augenblick läßt er sich in die zerrissenen Kissen zurücksinken und starrt ins Nichts und hofft, daß das Maschinengebrüll in seinen Geist eindringt und ihn überwältigt. Er nimmt das Gas weg; das Flugzeug fliegt langsamer, und er wendet es gegen den Wind. Weit jenseits des Seebettes glimmt der Bergabhang im Mondlicht, als ob er von Schnee bedeckt wäre. Der weiße Ton erstreckt sich vor ihm mit einer Leuchtkraft, einem grünlich-silbrigen Licht, das die Luft nicht erhellt, sondern am Boden haftet, wie ein schweres Gas. Er muß nirgendwohin, und es gibt keinen Grund, sich zu beeilen. Die Drohung absoluter Leere reizt ihn. Er bringt den Motor auf Touren, und das Flugzeug erhöht die Geschwindigkeit. Als er den Knüppel anzieht, um Höhe zu gewinnen, fällt sein Blick auf die wandernden Scheinwerfer des Lastwagens; und er erkennt, daß sich der Wagen seltsamerweise nicht heimwärts zur Salbeiwüste hin bewegt. Jäh senkt er die Flugbahn, zieht eine scharfe Kurve, lehnt sich seitwärts aus dem Sitz, mannshoch über der Erde. Gerade kreuzt unten ein Pferd den Scheinwerferstrahl, ein Pferd, das frei herumläuft. Er stößt den Knüppel nach vorn und beobachtet den Boden, der schnell unter ihm wegfegt; um einem katastrophalen Zusammenprall beim Landen zu entgehen, strengt er sich an, sich der Lage jedes einzelnen der gefesselten Pferde zu erinnern.

Anderthalb Kilometer weiter erfassen die Scheinwerfer die Umrisse des Hengstes. Roslyn blickt hinaus, und als sie sich nähern, schreit sie: «Oh, Perce! Ich weiß nicht!» Er sieht sie erstaunt an, verblüfft, und bremst den Wagen.

Der gefesselte Hengst, der die Ohren dem Lärm des Lastwagens entgegenspitzt, biegt den Kopf empor. Perce läuft zum Gummireifen. Der Hengst zerrt am Seil, während Perce es durchschneidet. Roslyn läuft aus der Kabine und sieht sich schuldig nach einer Spur von Gay um. Plötzlich reißt das Seil. Der Hengst, frei, schlägt mit der Hinterhand aus, stürmt an ihnen vorbei und macht einen Bogen. Perce zieht sie aus dem Weg und brüllt unartikuliert, um das Tier wegzuscheuchen. Angesichts des wahrhaftig befreiten Hengstes erfüllt Roslyn eine ekstatische, furchtbare Überzeugung. Kaum ihrer Stimme bewußt, ruft sie aus: «Geh! Geh heim! Geh heim!»

Perce läuft auf den Hengst zu, der sich umkehrt und davongaloppiert, der Halsstrick schleift nach. Atemlos beobachten sie ihn einen Augenblick und laufen dann zum Lastwagen. Roslyn steigt in die Kabine. Perce hält an, blickt prüfend über das irisierende Seebett, berechnet den Platz der zwei noch übrigen Pferde und klettert eilends in den Lastwagen.

Aus dem Pilotensitz des rollenden Flugzeuges läßt Guido seine Augen methodisch über die Weite des Seebettes schweifen, während er das Flugzeug weite Bögen ziehen läßt. Sehr fern bewegen sich jetzt zwei Lichtpunkte. Er steuert das Flugzeug auf sie zu.

Die Scheinwerfer werden vor Gays Augen größer. Mit jeder ihrer Bewegungen hat er seine Richtung geändert, und nun, unmöglich weit entfernt, läuft er noch immer mechanisch weiter, von seiner Ohnmacht betäubt. Ein Klappern läßt ihn augenblicklich stillstehen.

Er versucht den pfeifenden Atem zu unterdrücken, wischt den Schweiß aus den Augen und wendet sich lauschend langsam um. Der Mond leuchtet, und das Seebett erscheint hell, aber wenige Zentimeter über dem Boden beginnt die Nacht. Sein Herz klopft wild in der Brust. In den Augen schlägt sein Puls. Wieder bewegt sich ein Schatten. Er weitet die Augen, um sicherzugehen. Er läßt sich langsam auf die Fersen nieder und macht sich klein. Wieder bewegt sich ein Schatten. Er erkennt nun die Richtung; zu seiner Überraschung zielt sie nicht auf die Berge. Er dreht sich zur Mitte des Seebettes um. Allmählich erfassen seine Augen die schwarzen Umrisse der Stute und des Fohlens fern unter dem Mond. Nun wendet er sich wieder der sich bewegenden Gestalt zu. Das klopfende Geräusch ist jetzt näher.

Leise erhebt er sich und nähert sich der gefesselten Stute; dabei hält er den Mund weit offen, um geräuschlos atmen zu können. Er sieht nun, wie sich das Fohlen auf die Füße stellt und verlängert seine Schritte. Er hält den Kopf gesenkt. Das jähe, verhaltene Wiehern der Stute läßt ihn stehenbleiben. Zu seiner Linken nähert sich der Hengst. Er steht über dem gefesselten Körper der Stute. Gay sieht, wie er den Hals zu ihr niederbeugt. Gay schiebt sich tief geduckt voran, und nun läuft er. Der Kopf des Hengstes schießt in die Höhe, er setzt zurück, steht und lauscht. Der Mond läßt das eine Auge wie eine gelbe Scheibe erscheinen, als Gay sich von der Seite nähert und das Halsseil mit seinen behandschuhten Händen ergreift. Das Pferd fletscht die Zähne und zielt nach seiner Schulter; er läßt die Hände das Seil entlanggleiten, raunt dabei dem Tier zu, aber plötzlich bricht es aus und galoppiert davon. Gay wickelt das Seil um den Arm und rennt hinterher, und versucht, die Fersen einzustemmen. Ein schneller kraftvoller Ruck reißt ihn herum, und er fällt. Er wird auf der Seite liegend über den Boden geschleift, der Tonstaub macht ihn blind. Unvermittelt wird das Seil schlaff; er kommt wieder auf die Füße, und die Schulter des Pferdes schlägt ihm gegen den Kopf, als es vorbeigaloppiert. Er wird wieder zu Boden gezogen. Er setzt sich auf, schwingt seine Stiefel vor sich und sucht mit den Fersen wieder Halt im Lehm. Der Hengst hustet, dreht sich im Kreis, und einen Augenblick lang steht er vor ihm. Er weiß, daß die Schlinge nicht eng genug ist, um den Hengst so keuchen zu lassen; und wieder wickelt er das Seil um den Arm, gräbt die Fersen ein und macht sich darauf gefaßt, wegzurollen, falls das Tier ihn angreifen sollte. Der Hengst weicht zurück, als wollte er das Gewicht am Seil ausprobieren.

Gay bewegt sich seitwärts auf die Stute zu. Sie ist eine Pferdelänge von ihm entfernt. Er erreicht sie, ohne seine Augen vom Hengst zu lassen, fühlt mit den Ellbogen nach ihr und versucht wahrzunehmen, wie weit er sich bewegen muß, um ihren Halsstrick und den Reifen zu erreichen. Bei seiner Berührung erschauert sie; er fühlt ihre Kruppe und schleicht sich zur Seite, so daß sie zwischen ihm und dem Hengst ist, der nervös auf den Hufen tänzelt, aber nicht mehr hart zieht. Gay bekommt die Fersen unter sich und kriecht seitlich auf den Hals der Stute zu. Nun hat er ihren Halsstrick unter dem Arm. Er wird ruhig. Er muß nun das Seil abwickeln, um es an die Schlinge der Stute zu binden.

Der Hengst beäugt ihn, schnaubend. Gay murmelt ihm über den Hals der Stute zu: «Olla, olla, olla ...» Er hält das Seil mit beiden Händen und beginnt, es von seinem Arm zu wickeln. Der

Kopf des Hengstes hebt sich, und Gay hält in seinen Bewegungen inne. Er weiß, daß die Erschütterung des Seils sich bis zum Körper des Hengstes fortpflanzt, und ihn wieder aufscheuchen kann. Nach einem Augenblick bewegt er den Arm von neuem, um das Seil abzuwickeln. Plötzlich stößt die Stute ein hohes Wiehern aus, und der Hengst wirft den Kopf in die Luft. Gay wird über den Körper der Stute auf ihn zu gerissen. Er gibt der Kraft nach und läßt sich von ihr auf die Füße heben; er macht einen Satz zum Hals des Hengstes, um die Schlinge mit beiden Händen zuzuziehen. Das Tier galoppiert, schlägt mit der Hinterhand aus, aber Gay kann das Zittern und das Nachlassen seiner Kraft fühlen. Er hängt an der Schlinge und zieht mit ganzer Kraft an ihr, während die Knie des Pferdes von hinten gegen seine Schenkel stoßen.

Der Hengst hält inne. Gay hängt mit seinem ganzen Gewicht an der enger werdenden Schlinge. Der Hengst senkt den Hals, und seine zitternden Knie geben nach. Wieder zieht Gay, ein kurzer Aufschrei dringt aus seiner Kehle, als ein gebrochener dünner Schrei im Kopf des Hengstes vibriert. Er hört einen Motor. Er zerrt noch einmal, hebt die Füße vom Boden und zieht den Kopf des Hengstes nieder. Das Licht der Scheinwerfer trifft sein Gesicht und brennt in seinen Augen. Er hört das Quietschen der Bremsen und das Öffnen der Türen.

Auf den Gesichtern von Roslyn und Perce liegt fast ein Ausdruck ehrfürchtiger Scheu. Der Hengst regt sich nicht und stöhnt unter der drosselnden Schlinge. Und doch ist zwischen ihm und Gay, der an seinem Hals hängt, eine seltsame Beziehung, eine Aura von Verstehen. Es ist, als ob das besiegte Tier, was auch geschah, nun Gay gehörte, und daß es dies sogar wußte, als es sich weigerte, zu Boden zu gehen.

Perce nimmt das Seilende auf und bindet es an die Stoßstange. «Okay, laß ihn los!»

Gay springt vom Pferd weg, das den Kopf einzieht, langsam geht und stehenbleibt.

Gay schwankt zum Lastwagen und legt sich mit ausgestreckten Armen über die Motorhaube.

Langsam öffnet er die verkrampften Hände. Roslyn nähert sich ihm nicht. Sie beobachtet ihn aus der Entfernung, genau wie Perce, und sie scheint unter der Macht seines Kampfes weich zu werden. Ein Staunen steigt ihr in die Augen. Sie macht einen Schritt auf ihn zu, aber Perce streckt schnell die Hand aus und hält sie auf. Sie sieht Angst in Perces Gesicht, und sie bekommt selbst Angst, nicht so sehr vor der Heftigkeit Gays als darum, weil sie etwas tat, das sie jetzt nicht mehr begreifen kann.

Man hört den Flugzeugmotor, und einen Augenblick später stoppt er in der Nähe. Die Maschine wird abgestellt; Guido springt heraus und läuft auf Gay zu. Wie er ihn nach Atem ringen und den Hengst angebunden sieht, lacht er Perce zu und beugt sich über Gay, um ihn rasch zu umarmen.

«Du hast ihn gehalten! Guter Junge! Wir werden sie morgen alle wieder einfangen! Jetzt verpuste dich, verpuste dich nur...» Er klopft freundlich Gays Rücken.

Gay ringt noch immer nach Luft, den Körper über die Motorhaube gebeugt, mit den Augen auf den Hengst starrend. Guido faßt seine Schulter: «Mach dir keine Sorgen, Junge – wir sind hier noch nicht fertig. Noch lange nicht! Wir fangen erst an. Ich werde mit dir hinauf nach Thighbone Mountain gehen, hörst du? Da oben gibt es fünftausend Dollar, aber wir müssen uns drum kümmern. Wir werden hinaufreiten! Und da gibt's noch mehr, noch viel mehr – aber wir müssen uns drum kümmern! Weil wir niemand in dieser Welt brauchen, Gay – und ich glaube, du weißt es jetzt auch, oder nicht?»

Zu Roslyn: «Zum Teufel mit ihnen allen!»

Gay, Guido nicht beachtend, starrt auf den Mustang, die Wange gegen die Motorhaube gepreßt. Seine Augen scheinen auf einen fernen Punkt gerichtet zu sein, und um ihn ist eine Stille, als ob er allein hier wäre. Er richtet sich auf und steckt eine Hand in die Tasche.

Guido versucht, ihn zu erreichen.

«Los, ich fliege dich zurück. Sie können den –»

Er unterbricht sich, als er ein geöffnetes Taschenmesser in Gays Hand sieht. Als er ihm wieder ins Gesicht schaut, sieht er Tränen in seinen Augen; er ist verwirrt und einen Augenblick lang still.

Gay geht geradewegs auf ihn zu, als ob er ihn nicht sähe, und Guido, der ihm aus dem Weg geht, fragt:

«Was sind –»

Doch Gay hat sich zu dem Seil am Stoßdämpfer gebückt und schneidet es mit zitternder Hand durch. Guido faßt nach seiner Hand und begreift. Er steht dicht bei seinem Freund, in seine

Augen tritt Schrecken... Gays ausgetrocknete Lippen bewegen sich. Er flüstert mit gebrochener Stimme und sieht Guido an, ohne ihn wahrzunehmen:

«Es ist alles vorbei.»

«Warum zum Teufel hast du ihn dann gefangen?»

«Hab's eben... getan. Ich mag nicht, wenn jemand für mich Entschlüsse faßt; das ist alles.»

Ein Zittern geht durch seinen Körper, und seine Brauen ziehen sich zusammen, als wolle er weinen vor Zorn.

Kraftlos schiebt er Guido beiseite, aber Guido hält ihn beim Handgelenk.

«Ich geh mit dir zum Thighbone!»

Gay schüttelt den Kopf. Er sieht über Guido hinweg zu den dunklen Bergen, und Groll verhärtet sein Gesicht und strafft ihn:

«Hol sie alle der Teufel! Sie krempelten alles um, änderten alles. Sie beschmierten es mit Blut, machten Geld und Scheiße daraus, wie aus allem. Du weißt es. Ich weiß es. Es ist, als wenn man einem Traum nachjagt.»

Er befreit sein Handgelenk aus Guidos Griff.

«Du mußt 'n andern Weg finden, um zu merken, daß du lebst... wenn's überhaupt noch einen Weg gibt.»

Er wendet sich dem Seil zu und legt sich mit seinem Gewicht auf das Messer; das Seil fällt zerschnitten zu Boden.

Einen Augenblick lang steht der Hengst reglos. Befreit vom Druck der Schlinge reckt er den Hals, macht einen Schritt zur Seite, stolpert fast zu Boden, richtet sich wieder auf und geht. Dann hält er an, steht schwankend und entfernt sich. Gay geht zur Stute und durchschneidet den Strick um ihre Hufe, dann das Seil am Reifen. Gewichtig richtet sie sich auf und trabt davon, das Fohlen folgt, die Nase in ihrem fliegenden Schweif.

Die vier stehen da und lauschen auf den schwächer werdenden Klang der Hufe. Gay klappt sein Messer zu, läßt es in die Tasche gleiten, und läßt Guido stehen, ohne jemanden anzusehen, ganz in sich selbst versunken.

Sie folgen ihm mit den Augen, als er vorbeigeht und in den Lastwagen steigt, sich hinter das Lenkrad setzt, erschöpft, still. Einen Augenblick lang stiert er durch die Windschutzscheibe. Roslyn ist nun auf der andern Seite des Lastwagens und sieht ihn über den leeren Sitz hinweg an. Man weiß nicht, was er jetzt tun wird, und sie rührt sich nicht.

Er wendet sich ihr zu, Einsamkeit in den Augen: «Ich fahre dich zurück ... wenn du willst.»

Zögernd, noch immer in Angst vor ihm, klettert sie auf den Sitz, aber nicht dicht neben ihm. Ihre weitoffenen Augen spiegeln seinen Schmerz und seinen Verlust.

Perce ist zum Fenster getreten. «Ich freue mich, daß ich dich kennengelernt habe, Roslyn.»

Roslyn: «Tu dir nicht mehr weh, bitte?»

Er dankt ihr mit den Augen. «Wenn du mir mal 'ne Postkarte schicken willst, meine Adresse ist einfach Black River ... Kalifornien.»

Gay läßt den Motor an und wendet sich zu Guido, der neben ihm am Lastwagen steht. «Wir treffen uns noch. Ich werde dich in ein oder zwei Tagen besuchen.»

Guido lacht mit höhnischem Blick. «Wo wirst du stecken? Bei 'ner Tankstelle, Scheiben putzen?»

«Da hast du mich aufgegabelt, Pilot.» Gay dreht sich nach vorn und fährt an.

Guido springt auf das Trittbrett, lacht ihn aus und gellt: «Oder wirste Kassierer im Supermarkt?»

Guido springt ab, formt die Hände zum Sprachrohr und ruft wütend: «Versuch's mit 'nem Waschautomaten, vielleicht brauchen die jemand, um die Maschinen zu füllen?»

Aber der Lastwagen entfernt sich, und Not bemächtigt sich seiner, er ruft, die Faust erhoben: «Gay! Wohin gehst du?»

Er hält inne, ärgerlich und verloren. Perce steht da, Tränen in den Augen.

Gay fährt schweigend, erschöpft. Roslyn sitzt noch immer in einiger Entfernung von ihm. Nun wendet sie sich ihm zu, ohne zu wissen, was er empfindet. Einen Augenblick lang scheinen sie Fremde zu sein.

«Ich fahre morgen weg.» Sie sagt es fragend, aber er bleibt stumm. «Okay?» Er fährt weiter. «Du wirst es nie glauben, aber ich wollte dir nicht weh tun ... Ich achte dich. Du bist ein tapferer Mann.»

Er schweigt.

«Du hast mich nicht mehr gern, oder?»

Nun wendet sie sich nach vorn. Ihre Stimme vibriert. Alles weicht von ihr zurück.

«Aber weißt du was? Eine Minute lang, als die Pferde weggaloppierten, war es fast so, als ob ich ihnen ihr Leben zurückgab. Und plötzlich hatte ich ein Gefühl – es ist verrückt – ich dachte plötzlich, er muß mich lieben. Wie würde ich es sonst wagen, so was zu tun? Weil ich sonst immer einfach wegrannte, wenn ich's nicht mehr aushalten konnte. Gay – eine Minute lang halfst du mir, keine Angst zu haben. Und es war, als strömte Leben in meinen Leib. Zum ersten Mal.»

Er sieht den Hund im Licht der Scheinwerfer, an eine der Eisenstangen gebunden, und stoppt den Lastwagen.

Sie öffnet die Tür, aber sie wendet sich zurück zu ihm, als ob sie nicht weggehen könnte. Und plötzlich ruft sie verzweifelt: «Oh, Gay, was ist wirklich? Weißt du es? Gibt es etwas, das bleibt?»

Jetzt erst wendet er sich ihr zu. In seinen Augen stehen Tränen. Er zieht sie an sich und küßt sie. Sie weint vor Freude und versucht, ihm durch die Augen bis ins Innerste zu sehen.

Gay: «Gott weiß es. Alles, was ich gesehen hab', kam oder ging. Wie du. Vielleicht gibt es nur das ... das Kennen. Weil ... ich kenne dich jetzt, Roslyn. Ich kenne dich wirklich. Vielleicht ist das alle Gewißheit, die es gibt oder geben kann. Ich hab' mir nie die Mühe gemacht, gegen eine Frau anzukämpfen. Und darum war's friedlich, aber irgendwie, als ob ich Luft umarmte. Diesmal, dachte ich, hätte ich wieder Luft umarmt –, aber es ist, als ob ich die ganze Welt berührte. Ich danke dir, Mädchen.»

Sie fliegt ihm an die Brust und küßt ihn leidenschaftlich. Der Hund draußen bellt. Sie springt aus der Kabine zu ihm, und er begrüßt sie freudig. Sie macht ihn los und klatscht in die Hände, damit er ihr folge. Der Hund hopst in den Lastwagen, und sie steigt ein; ihr Gesicht strömt über von Liebe. Er läßt das Auto an, und sie fahren davon. Plötzlich, im jähen Entzücken ihrer Vision: «Wenn ... wenn wir keine Angst mehr hätten, Gay? Und wir könnten ein Kind haben! Und ihm Mut mitgeben! Ein Mensch auf der Welt, der von Anfang an tapfer wäre! Letzte Nacht hatte ich Angst. Aber jetzt nicht mehr. Und du?»

Er zieht sie zu sich heran. Er fährt. Die Liebe zwischen ihnen ist lebensfähig und hebt sie ein wenig über die Erde. Die Scheinwerfer beleuchten nun Flächen von Salbei; die Fahrt ist holprig.

Roslyn: «Findest du den Rückweg im Dunkeln?»

Gay nickt und zeigt zum Himmel: «Ich fahre genau auf den

großen Stern da zu. Die Autostraße ist unter ihm; sie führt uns direkt nach Hause.»

Durch Streifen und Staub auf der Windschutzscheibe sieht sie zu dem Stern auf. Guidos Flugzeug dröhnt näher und verschwindet wieder, unsichtbar über ihnen. Die Lichter des Lastwagens verschwinden langsam und mit ihnen jedes Geräusch. Nun gibt es nur mehr den Himmel voller Sterne und vollkommene Stille.

rowohlts rotations romane

Ungekürzte Romane bekannter Autoren aus aller Welt
Verzeichnis aller lieferbaren Titel

* hinter dem Titel: Für Jugendliche ab 10 Jahren zu empfehlen
** hinter dem Titel: Für Jugendliche ab 14 Jahren zu empfehlen

Romane und andere Prosa

ABE, KOBO Die Frau in den Dünen [1265]

ABECASSIS, GUY 100 Koffer auf dem Dach [702], Kopfkissen für Globetrotter [1065]

ÅBERG, JOHN EINAR Engel – gibt's die? [1064]

ADAMSON, JOY Frei geboren . . . Eine Löwin in zwei Welten / Mit 32 Bildtafeln [844] **

AMADO, JORGE Gabriela wie Zimt und Nelken [838/39]

AMALRIK, ANDREJ Unfreiwillige Reise nach Sibirien [1452]

ANATOL, ANDREAS Olympische Liebesspiele. Eine heitere Mythologie der Griechen. Illustrationen: Wilhelm M. Busch [1306]

AUCHINCLOSS, LOUIS Die Gesellschaft der Reichen [1328/29]

AUGUSTIN, ERNST Der Kopf [1476 – Febr. 72]

AYMÉ, MARCEL Die grüne Stute [402]

BACHER, MANFRED Immer bin ich's gewesen! Illustrationen: G. Bri [1375]

BALDWIN, JAMES Giovannis Zimmer [999], Gehe hin und verkünde es vom Berge [1415]

BARLAY, STEPHEN Die Sex-Händler / Ein Bericht über moderne Formen der Sklaverei [1359–61]

BEAUVOIR, SIMONE DE Das Blut der anderen [545], Die Mandarins von Paris [761], Ein sanfter Tod [1016], Memoiren einer Tochter aus gutem Hause [1066], In den besten Jahren [1112–14], Der Lauf der Dinge [1250–53], Alle Menschen sind sterblich [1302/03], Die Welt der schönen Bilder [1433], Eine gebrochene Frau [1489 – März 72]

BECHER, ULRICH Männer machen Fehler / 12 Kurzgeschichten [1283]

BECKETT, SAMUEL [Nobelpreisträger] Murphy [311]

BELLOW, SAUL Die Abenteuer des Augie March [902/05], Das Opfer [1085/86], Herzog [1132–34], Mann in der Schwebe [1367]

BIGIARETTI, LIBERO Heiß [1487 – März 72]

BICHSEL, PETER Die Jahreszeiten [1241]

BLONDIN, ANTOINE / GUIMARD, PAUL Jeder Mann wird mal schwach. Illustrationen: Cabu [1445]

BORCHERT, WOLFGANG Draußen vor der Tür und ausgewählte Erzählungen [170] **, Die traurigen Geranien und andere Geschichten aus dem Nachlaß. Hg.: Peter Rühmkorf [975] **

BORGES, JORGE LUIS Der Schwarze Spiegel / Übungsstücke in erzählender Prosa [880]

BRECHT, BERTOLT Kalendergeschichten [77], Drei Groschen Roman [263/64], Die Geschäfte des Herrn Julius Caesar [639] Bertolt Brechts Hauspostille [1159]

BREINHOLST, WILLY Küsse deine Frau / Ein Hobbybuch für Ehemänner. Illustrationen: Léon van Roy [853], Der Mann meiner Frau / Heitere Ehegeschichten [1051], Das süße Leben des Ehemannes in Theorie und Praxis. Illustrationen: Léon van Roy [1249]

BRINKMANN, ROLF DIETER Keiner weiß mehr [1254]

BRISTOW, GWEN Tiefer Süden [804] **, Die noble Straße [912] **, Am Ufer des Ruhmes [1129] **

BUCK, PEARL S. [Nobelpreisträger] Ostwind – Westwind [41] **, Die Mutter [69] **, Die Frau des Missionars [101] **, Die erste Frau und andere Novellen [134], Der Engel mit dem Schwert / Gottesstreiter im fernen Land [167] **, Söhne [185–88], Die springende Flut [425]

BULATOVIC, MIODRAG Der rote Hahn fliegt himmelwärts [803]

BURGESS, ANTHONY Der Doktor ist übergeschnappt [1257], Honig für die Bären [1426]

BUSCH, FRITZ B. Einer hupt immer / Heitere Automobilgeschichten mit Benzin geschrieben [1084] **, Lieben Sie Vollgas? Heitere Automobilgeschichten hinter dem Steuer geschrieben [1181] **

BUSCH, WILHELM Gedichte [257]

CAMUS, ALBERT [Nobelpreisträger] Die Pest [15], Der Fremde [432], Kleine Prosa [441] **, Der Fall [1044], Verteidigung der Freiheit / Politische Essays [1096], Der Mensch in der Revolte [1216], Tagebücher 1935–1951 [1474]

CAPOTE, TRUMAN Frühstück bei Tiffany [459], Kaltblütig [1176/77]

CARRÉ, JOHN LE Schatten von gestern [789] **, Der Spion der aus der Kälte kam [865] **, Krieg im Spiegel [995/96], Ein Mord erster Klasse [1120]

CÉLINE, LOUIS-FERDINAND Reise ans Ende der Nacht [1021–23]

CHAGALL, BELLA Brennende Lichter / Zeichnungen: Marc Chagall [1223/24]

CHRISTIAN, TINA Verdammtes kleines Luder [1400]

CLEWES, HOWARD Die Zügellosen [1074]

COHN, NIK AWopBopaLooBop ALopBamBoom Pop History [1542]

COLETTE Gigi und andere Erzählungen [143], Chérie [178], Das Hotelzimmer [909]

COLLIER, JOHN Blüten der Nacht. Befremdliche Geschichten [1324]

CONLON, KATHLEEN Rosalind, laß ab mein Kind [1473]

COOPER, SIMON Puppenspiele [1465]

CRONIN, A. J. Kaleidoskop in ‹K› [10], Die Zitadelle [39], Der neue Assistent [112], Der spanische Gärtner [127], Die Dame mit den Nelken [345], Das Licht [376], Doktor Murrays Auftrag [677], Dr. Shannons Weg [774], Der Judasbaum [857/58], Geh auf den Markt [927], Doktor Finlays Praxis [1383]

DAHL, ROALD Küßchen, Küßchen! [835], . . . steigen aus . . . maschine brennt . . . / 10 Fliegergeschichten [868], Der krumme Hund. Illustrationen: Catrinus N. Tas [959], . . . und noch ein Küßchen! Weitere ungewöhnliche Geschichten [989]

DEGENHARDT, FRANZ JOSEF Spiel nicht mit den Schmuddelkindern. Balladen / Chansons / Grotesken / Lieder. Illustrationen: Horst Janssen [1168]

DEGENHARDT, FRANZ JOSEF / NEUSS, WOLFGANG / HUSCH, HANNS DIETER / SUVERKRUP, DIETER Da habt ihr es! Stücke und Lieder für ein deutsches Quartett. Zeichnungen: Eduard Prüssen [1260]

DIE ZEHN GEBOTE. Zehn exemplarische Erzählungen. Hg. von Jens Rehn [1233]

DILLON, EILIS Die Insel der Pferde. Illustrationen: Willy Kretzer [1202] **

DJILAS, MILOVAN Die unvollkommene Gesellschaft / Jenseits der «Neuen Klasse» [1377/78]

DRESNER, HAL Der Mann, der pornographische Bücher schrieb [1430]

DU MAURIER, DAPHNE Rebecca [179]

DURRENMATT, FRIEDRICH Der Richter und sein Henker. Illustrationen: Karl Staudinger [150] **, Der Verdacht [448]

DURRELL, GERALD Zoo unterm Zeltdach. Als Tierfänger in Kamerun [1366], Ein Noah von heute. Illustrationen: Ralph Thompson [1419]

DURRELL, LAWRENCE Justine [710], Balthazar [724], Mountolive [737/38], Clea [746], Leuchtende Orangen. Rhodos – Insel des Helios [1045] **, Schwarze Oliven. Korfu – Insel der Phäaken [1102] **

ECHARD, MARGARET Unsere ehrbare Mama [1128] **

EHLERT, CHRISTEL Wolle von den Zäunen [1048] **

EINSTEIN, ALBERT / BORN, MAX Briefwechsel 1916–1955. Geleitwort: Bertrand Russell. Vorwort: Werner Heisenberg [1478 – Febr. 72]

EKERT-ROTHOLZ, ALICE M. Reis aus Silberschalen [894–96], Wo Tränen verboten sind [1138], Strafende Sonne, lockender Mond [1164–66], Mohn in den Bergen [1228], Die Pilger und die Reisenden [1292–94], Elfenbein aus Peking / Sechs Geschichten [1277]

ELIOT, ALEXANDER Love Play. Eine Romankomödie [1271]

ELLIOTT, SUMNER LOCKE Leise, er könnte dich hören [1269/70]

ELSNER, GISELA Die Riesenzwerge [1141]

FABIAN, JENNY / BYRNE, JOHNNY Groupie [1477 – Febr. 72]

FALL, THOMAS Der Clan der Löwen [1309]

FALLADA, HANS Kleiner Mann – was nun? [1], Wer einmal aus dem Blechnapf frißt [54/55], Damals bei uns daheim [136] **, Heute bei uns zu Haus [232], Der Trinker [333], Bauern, Bonzen und Bomben [651], Jeder stirbt für sich allein [671], Wolf unter Wölfen [1057–61], Kleiner Mann, Großer Mann – alles vertauscht oder Max Schreyvogels Last und Lust des Geldes [1244/45], Ein Mann will nach oben. Die Frauen und der Träumer [1316–19]

FALLET, RENÉ Ein Idiot in Paris [1399]

FICHTE, HUBERT Das Waisenhaus [1024] **, Die Palette [1300]

FITZGERALD, JOHN D. Vater heiratet eine Mormonin [1350/51]

FRISCH, MAX Homo faber [1179]

FUCHS, GUNTER BRUNO Bericht eines Bremer Stadtmusikanten [1276]

GALLICO, PAUL Meine Freundin Jennie [499] *, Ein Kleid von Dior [640] **, Der geschmuggelte Henry [703] **, Thomasina [750], Ferien mit Patricia [796], Die Affen von Gibraltar [883/84], Immer diese Gespenster! [897], Die spanische Tournee [963/64], Waren Sie auch bei der Krönung? Zwei heitere Geschichten zu einem festlichen Ereignis [1097] **, Die Hand von drüben / Fast ein Kriminalroman [1236], Jahrmarkt der Unsterblichkeit [1364/65], Freund mit Rolls-Royce [1387]

GANS, GROBIAN Die Ducks. Psychogramm einer Sippe [1481 – Febr. 72]

GARCIA MARQUEZ, GABRIEL Unter dem Stern des Bösen [1332], Hundert Jahre Einsamkeit [1484 – März 72]

GHIOTTO, RENATO Die Sklavin [1388–90]

GOETZ, CURT Tatjana [734]

GORDON, NOAH Ein Haus für den Herrn [1466]

GORDON, RICHARD Aber Herr Doktor! [176], Doktor ahoi! [213], Hilfe! Der Doktor kommt [223], Dr. Gordon verliebt [358], Dr. Gordon wird Vater [470], Doktor im Glück [576], Eine Braut für alle [648], Doktor auf Draht [742] **, Onkel Horatios 1000 Sünden [953], Sir Lancelot und die Liebe [1191], Der Schönheitschirurg [1346/47]

GORDON-DAVIS, JOHN Die Beute [1379]

GOSCINNY, RENÉ Prima, Prima, Oberprima! Tips für Schüler, Lehrer und leidgeprüfte Eltern [1256] **

GOVER, ROBERT Ein Hundertdollar Mißverständnis [1449], Kitten in der Klemme [1467]

GRAHAM, SHEILAH / FRANK, GEROLD Die furchtlosen Memoiren der Sheilah Graham [1267/68]

GRASS, GUNTER Katz und Maus [572], Hundejahre [1010]

GRAU, SHIRLEY ANN Die Hüter des Hauses [1464]

GRAY-PATTON, FRANCES Guten Morgen, Miss Fink [1064] **

GREENE, GRAHAM Die Kraft und die Herrlichkeit [91], Das Herz aller Dinge [109/10], Der dritte Mann [211], Der stille Amerikaner [284], Heirate nie in Monte Carlo. Illustrationen: Marianne Weingärtner [320], Unser Mann in Havanna [442], Die Stunde der Komödianten [1189/90], Leihen Sie uns Ihren Mann? [1278]

GRUHL, HANS Fünf tote alte Damen. Illustrationen: Dietrich Lange [1423]

GRUN, MAX VON DER Irrlicht und Feuer [916]

GUARESCHI, GIOVANNINO Don Camillo und Peppone / Mit Zeichnungen des Autors [215], Don Camillo und seine Herde / Mit Zeichnungen des Autors [231]

HANDKE, PETER Die Hornissen [1098]

HÄRTLING, PETER Das Familienfest oder Das Ende der Geschichte [1368/69]

HAŠEK, JAROSLAV Die Abenteuer des braven Soldaten Schwejk – Ungekürzte Ausgabe. Illustrationen: Josef Lada Band I [409/10], Band II [411/12], Schwejkiaden. Geschichten vom Autor des braven Soldaten Schwejk [1424]

HEMINGWAY, ERNEST [Nobelpreisträger] Fiesta [5], In einem andern Land [216], In unserer Zeit [278], Männer ohne Frauen [279], Der Sieger geht leer aus [280], Der alte Mann und das Meer [328] *, Schnee auf dem Kilimandscharo [413], Über den Fluß und in die Wälder [458], Haben und Nichthaben [605], Die grünen Hügel Afrikas [647], Tod am Nachmittag / Mit 81 Abb. [920–22], Paris – ein Fest fürs Leben [1438]

HESSE, HERMANN Klingsors letzter Sommer [1462]

HEYER, GEORGETTE Die bezaubernde Arabella [357], Die Vernunftehe [477], Die drei Ehen der Grand Sophy [531], Geliebte Hasardeurin [569], Der Page und die Herzogin [643], Die spanische Braut [698/99], Venetia und der Wüstling [728], Penelope und der Dandy [736], Die widerspenstige Witwe [757], Frühlingsluft [790] **, April Lady [854], Falsches Spiel [881/82], Serena und das Ungeheuer [892/93], Lord «Sherry» [910] Ehevertrag [949], Liebe unverzollt [979], Barbara und die Schlacht von Waterloo [1003], Der schweigsame Gentleman [1053], Heiratsmarkt [1104], Die galante Entführung [1170], Die Jungfernfalle [1289], Brautjagd [1370], Verlobung zu dritt [1416], Verführung zur Ehe [1212], Damenwahl [1480 – Febr. 72]

HIGNETT, SEAN Liverpool 8 [1356–58]

HLASKO, MAREK Folge ihm durchs Tal [1479 – Feb. 72]

HOCHHUTH, ROLF Krieg und Klassenkrieg / Studien [1455]

HOLT, VICTORIA Harriet – sanfte Siegerin [1246/47]

HOUGRON, JEAN Das Mädchen von Saigon [212/12a]

HUMOR SEIT HOMER [625]

IHR ABER TRAGT DAS RISIKO. Reportagen aus der Arbeitswelt. Hg. vom Werkkreis [1447]

IMOG, JO Die Wurliblume [1471]

JOHNSON, UWE Zwei Ansichten [1068]

JONES, MERVYN John und Mary. Jeder Tag beginnt bei Nacht [1320]

JUUL, OLE Das tosende Paradies [1062]

KAWABATA, YASUNARI [Nobelpreisträger] Kyoto oder Die jungen Liebenden in der alten Kaiserstadt [1225], Tausend Kraniche / Schneeland [1291], Tagebuch eines Sechzehnjährigen. Eine Auswahl. Hg. von Oscar Benl [1428]

KAZANTZAKIS, NIKOS Alexis Sorbas / Abenteuer auf Kreta [158]

KEROUAC, JACK Unterwegs / On the Road [1035], Engel, Kif und neue Länder [1391/92], Gammler, Zen und Hohe Berge [1417]

KISHON, EPHRAIM Arche Noah, Touristenklasse [756]

KNEBEL, FLETCHER Der Präsident [1435]

KRESSING, HARRY Der Koch [1446]

KRUGER, HORST Stadtpläne / Erkundungen eines Einzelgängers [1386]

KUSENBERG, KURT Mal was andres [113], Nicht zu glauben [363] **, Lob des Bettes. Illustrationen: Raymond Peynet [613], Der ehrbare Trinker / Eine bacchische Anthologie [1025]

LAWRENCE, D. H. Der Regenbogen [610/11], Liebende Frauen [929–31]

LEDERER, WILLIAM J. / BURDICK, EUGENE Der häßliche Amerikaner / Im Zwielicht der Diplomatie [845] **

LESLI, DORIS Die befohlene Heirat [1194/95], Eine echte Peverill [1353–55], Ich singe von Bett und Galgen [1397/98]

LEVENSON, SAM Kein Geld – aber glücklich. Chronik einer Familie [1322] **

LOWELL, JOAN Ich spucke gegen den Wind [23] **, Das Land der Verheißung [1047] **

MACDONALD, BETTY Das Ei und ich [25] **, Betty kann alles [621], Die Insel und ich [641]

MALAMUD, BERNARD Der Fixer [1150]

MALAPARTE, CURZIO Verdammte Toskaner [1279]

MALDONADO, TOMAS Umwelt und Revolte. Zur Dialektik des Entwerfens im Spätkapitalismus [1534 – März 72]

MALRAUX, ANDRÉ Die Eroberer [1333/34]

MANN, HEINRICH Professor Unrat [35], Die Jugend des Königs Henri Quatre [689], Die Vollendung des Königs Henri Quatre [629], Novellen [1312]

MANN, KLAUS Kind dieser Zeit. Nachwort: William L. Shirer [946] **

MASON, RICHARD . . . denn der Wind kann nicht lesen [144/45], Suzie Wong [325], Zweimal blüht der Fieberbaum [715/16]

MATTHIAS, L. L. Die Kehrseite der USA [1494]

MAYER, HANS Deutsche Literatur seit Thomas Mann [1063]

METALIOUS, GRACE Die Leute von Peyton Place [406/07]

MILLER, ARTHUR Brennpunkt [147], Nicht gesellschaftsfähig / The Misfits [446]

MILLER, HENRY Lachen, Liebe, Nächte [227], Der Koloß von Maroussi [758], Big Sur und die Orangen des Hieronymus Bosch [849], Land der Erinnerung [934], Nexus [1242], Plexus [1285]

Henry Miller Lesebuch. Hg.: Lawrence Durrell [1461]

MISSERLY, HÉLÈNE Zimmer zu vermieten [1131]

MITCHELL, MARGARET Vom Winde verweht [1027–32]

MNAČKO, LADISLAV Wie die Macht schmeckt [1118], Die siebente Nacht. Erkenntnis und Anklage eines Kommunisten [1344/45], Die Nacht von Dresden [1485 – März 72]

MONNIER, THYDE Die kurze Straße [30–32], Liebe – Brot der Armen [95–97], Die Familie Revest [1055/56], Madame Roman [1255], Wein und Blut [1321]

MOORE, BRIAN Ein Optimist auf Seitenwegen [1295/96], Die Wölfe von Belfast [1431]

MOORE, JOHN Septembermond [1372]

MORAVIA, ALBERTO Gefährliches Spiel [331–32a], Die Römerin [513/14], Die Gleichgültigen [570/71], Agostino [595], Cesira [637/38], Römische Erzählungen [705/06], Der Konformist [766/67], La Noia [876/77], Inzest [1077/78], Die Verachtung [1111], Die Lichter von Rom [1142], Der Ungehorsam [1238], Die Kulturrevolution in China [1456]

MÖSSLANG, FRANZ HUGO Deutschland deine Bayern / Die weiß-blaue Extrawurscht [1352]

MULIAR, FRITZ Streng indiskret! Aufgezeichnet von Eva Bakos. Illustrationen: Rudolf Angerer [1429]

MUSIL, ROBERT Drei Frauen [64], Die Verwirrungen des Zöglings Törleß [300], Nachlaß zu Lebzeiten [500] **

NABOKOV, VLADIMIR Gelächter im Dunkel [460], Lolita [635/36], Pnin [765]

NEALE, TOM Meine Trauminsel. Hg.: Neal Barber. Mit 9 Fotos [1272/73] **

NEUSS, WOLFGANG Neuss Testament / Eine satirische Zeitbombe von Wolfgang Neuss nach Texten von François Villon [891]

NEVEN-DU MONT, JÜRGEN Liebe Deinen Deutschen wie Dich selbst. Bericht aus einer deutschen Stadt [1297/98]

NOSSACK, HANS ERICH Spätestens im November [1082], Der Fall d'Arthez [1393/94]

O'BRIEN, CONOR CRUISE Die UNO. Ritual der brennenden Welt [1434]

O'BRIEN, EDNA Der lasterhafte Monat [1261]

O'DONNELL, PETER Modesty Blaise – Die tödliche Lady [1115], Modesty Blaise – Die Lady bittet ins Jenseits [1184], Modesty Blaise, die Lady reitet der Teufel [1304/05]

PERGAUD, LOUIS Der Krieg der Knöpfe [662] **

PHILIPE, ANNE Nur einen Seufzer lang [1121], Morgenstunden des Lebens [1468]

PIAF, EDITH Mein Leben [859]

PIEYRE DE MANDIARGUES, ANDRÉ Lilie des Meeres [1337]

POLLINI, FRANCIS Glover [1143/44]

PORTER, KATHERINE ANNE Das Narrenschiff [785–87]

PORTIS, CHARLES Die mutige Mattie [1483 – März 72]

POULSEN, KNUD Wenn die Tugend Amok läuft [977], Unser berühmter Landsmann [1263]

PRÉVERT, JACQUES Gedichte und Chansons. Französisch und Deutsch. Nachdichtung von Kurt Kusenberg [1421]

PROUTEAU, GILBERT Das Geschlecht der Engel [1486 – März 72]

PUZO, MARIO Der Pate [1442]

QUALTINGER, HELMUT / MERZ, CARL Der Herr Karl und weiteres Heiteres [607]

RAABE, WILHELM Stopfkuchen [100] **

RADECKI, SIGISMUND VON Das ABC des Lachens [84/85] **

RANDALL, FLORENCE ENGEL Denn die Nacht ist verschwiegen [1307/08]

RAWLINGS, MARJORIE K. Frühling des Lebens [153–55] *

REICH-RANICKI, MARCEL Deutsche Literatur in West und Ost. Prosa seit 1945 [1313–15]

REINIG, CHRISTA Orion trat aus dem Haus. Neue Sternbilder [1470]

GRÄFIN ZU REVENTLOW, FRANZISKA Der Geldkomplex oder Von der Kunst, Schulden mit Charme zu ertragen [1262]

REXHAUSEN, FELIX Die Sache. Einundzwanzig Variationen [1418]

REZZORI, GREGOR VON Maghrebinische Geschichten [259], Ein Hermelin in Tschernopol [759/60], Neue maghrebinische Geschichten [1475]

RINGELNATZ, JOACHIM Als Mariner im Krieg [799/800], Mein Leben bis zum Kriege [855/56]

ROBBE-GRILLET, ALAIN Die Niederlage von Reichenfels [926]

ROBBINS, HAROLD Einen Stein für Danny Fisher [991/92]

RODA RODA's Geschichten [205]

ROTH, JOSEPH Radetzkymarsch [222/23], Der stumme Prophet [1033]

ROTHBERG, A. Der Tod hat tausend Türen [1262/63]

RUBIN, JERRY Do it! Scenarios für die Revolution. Vorwort: Eldridge Cleaver [1411–13]

RUHM, GERHARD Die Frösche und andere Texte [1460]

RUHMKORF, PETER Über das Volksvermögen. Exkurse in den literarischen Untergrund [1180]

SAINT-EXUPÉRY, ANTOINE DE Flug nach Arras [206] **, Carnets [598]

SAINT PHALLE, THÉRÈSE DE Quadratur der Liebe [1299], Ein Mann in den besten Jahren [1382]

SALINGER, JEROME D. Der Fänger im Roggen [851], Franny und Zooey [906], Hebt den Dachbalken hoch, Zimmerleute & Seymour wird vorgestellt [1015], Neun Erzählungen [1069]

SALOMON, ERNST VON Die Kadetten [214], Der Fragebogen [419–22]

SAND, FROMA Das Apartmenthaus [1440]

SARTRE, JEAN-PAUL Das Spiel ist aus / Les Jeux sont faits [59], Zeit der Reife [454], Der Aufschub [503/04], Der Pfahl im Fleische [526/27], Der Ekel [581], Die Wörter [1000], Porträts und Perspektiven [1443]

SCHIEFER, HERMANN / HALBRITTER, KURT Die Kunst, Lehrer zu ärgern [1472]

SCHMIDT, MANFRED Mit Frau Meier in die Wüste / Eine Auswahl verschmidtster Reportagen [907], Frau Meier reist weiter / Eine neue Auswahl verschmidtster Reportagen [1081] **

SCHNECK, STEPHEN Der Nachtportier oder dessen völlig wahre Beichte [1432]

SCHOONOVER, SHIRLEY Ava [1439]

SEGHERS, ANNA Transit [867], Ausgewählte Erzählungen [1119]

SELBY, HUBERT Letzte Ausfahrt Brooklyn [1469]

SERVADIO, GAIA Melinda [1420]

SHAW, IRWIN Stimmen eines Sommertages [1348/49]

SIMMEL, JOHANNES MARIO Affäre Nina B. [359], Mich wundert, daß ich so fröhlich bin [472], Das geheime Brot [852], Begegnung im Nebel [1248]

SLEZAK, LEO Meine sämtlichen Werke [329] **, Der Wortbruch. Zeichnungen: Walter Trier [330] **, Rückfall. Zeichnungen: Hans Kossatz [501] **

SMITH, BETTY Morgen der Liebe [956/57]

SOEBORD, FINN Und sowas lebt [78]

SOLSCHENIZYN, ALEXANDER Krebsstation. Buch 1 und 2. Vorwort: Heinrich Böll [1395 u. 1437]

SOUTHERN, TERRY / HOFFENBERG, MASON Candy oder Die sexte der Welten [1482 – Febr. 72]

SPARK, MURIEL Die Lehrerin [1171], Mädchen mit begrenzten Möglichkeiten [1266]

SPEYER, WILHELM Der Kampf der Tertia. Zeichnungen: Wilhelm M. Busch [17] **

SPOERL, HEINRICH Man kann ruhig darüber sprechen [401] **

STANDER, SIEGFRIED Ein Fremdling in der Herde / Das Pferd [1441]

STONE, IRVING Vincent van Gogh / Ein Leben in Leidenschaft [1099/1100]

TAGEBUCH EINES BÖSEN BUBEN Neu bearbeitet und mit einem Nachwort von Kurt Kusenberg [695]

TANIZAKI, JUNICHIRO Naomi oder Eine unersättliche Liebe [1335], Der Schlüssel [1463]

THAYER, CHARLES W. Zwei Wodka zuviel [1264]

TORRES, TERESKA Frauenkaserne [1007]

TOURNIER, MICHEL Freitag oder Im Schoß des Pazifik [1422]

TRAUBERG, URSULA Vorleben. Nachwort: Martin Walser [1330/31]

TRAVEN, B. Das Totenschiff [126] **, Die weiße Rose [488], Die Baumwollpflücker [509], Der Karren [593], Die Brücke im Dschungel [764] **

TROLL, THADDÄUS Deutschland deine Schwaben / Vordergründig und hinterrücks betrachtet. Illustrationen: Günter Schöllkopf [1226]

TUCHOLSKY, KURT Schloß Gripsholm. Illustrationen: Wilhelm M. Busch [4], Zwischen Gestern und Morgen [50], Panter, Tiger & Co. [131], Rheinsberg. Zeichnungen: Kurt Szafranski [261], Ein Pyrenäenbuch [474], Politische Briefe [1183], Politische Justiz / Vorwort: Franz Josef Degenhardt. Zusammengestellt von Martin Swarzenski [1336], Politische Texte. Hg.: Fritz J. Raddatz [1444]

UPDIKE, JOHN Ehepaare [1488 – März 72]

UXKULL, BORIS Armeen und Amouren / Ein Tagebuch aus napoleonischer Zeit [1215]

VASZARY, GÁBOR VON Monpti [20], Mit 17 beginnt das Leben [228/29], Die nächste Liebe, bitte! [391], Kuki [1203/04]

VESAAS, TARJEI Drei Menschen [1427]

VIDAL, GORE Myra Breckinridge [1211]

WALSER, MARTIN Ehen in Philippsburg [557/58]

WELK, EHM Die Heiden von Kummerow [561/62] **, Die Gerechten von Kummerow [1425]

WELLERSHOFF, DIETER Die Schattengrenze [1376]

WILDER, BILLY / DIAMOND, I. A. L. Das Mädchen Irma La Douce [688]

WILDT, DIETER Deutschland deine Sachsen / Eine respektlose Liebeserklärung. Illustrationen: Heiner Rotfuchs [1075] **, Deutschland deine Preußen. Mehr als ein Schwarzweiß-Porträt. Illustrationen: Ulrik Schramm [1179] **

WOHMANN, GABRIELE Abschied für länger [1178]

WOLF, ALEXANDER Zur Hölle mit den Paukern. Illustrationen: Kurt Halbritter [874] **

WOLFE, THOMAS Schau heimwärts, Engel! Eine Geschichte vom begrabnen Leben [275–77a]

WOLFE, TOM Das bonbonfarbene tangerinrot-gespritzte Stromlinienbaby [1094/95]

ZAK, JAROSLAV Pennäler contra Pauker. Strategie, Tricks und Abwehr [1325] **

rororo theater

BALDWIN, JAMES Blues für Mr. Charlie / Amen Corner – Zwei Schauspiele [1385]

BRECHT, BERTOLT Der Jasager und Der Neinsager / Die Maßnahme / Die Ausnahme und die Regel / Die Rundköpfe und die Spitzköpfe / Das Badener Lehrstück vom Einverständnis – Lehrstücke [889], Pauken und Trompeten von George Farquhar in der Bearbeitung von Bertolt Brecht zusammen mit Benno Besson und Elisabeth Hauptmann – Ein Stück [923], Die Mutter – Ein Stück [971]

HEMINGWAY, ERNEST Die fünfte Kolonne / Schauspiel [1232]

HOCHHUTH, ROLF Der Stellvertreter. Ein christliches Trauerspiel. Mit einem Vorwort von Erwin Piscator und einem Essay von Walter Muschg [997], Soldaten / Nekrolog auf Genf [1323]

LENZ, SIEGFRIED Die Augenbinde / Schauspiel – Nicht alle Förster sind froh / Ein Dialog [1284]

O'BRIEN, CONOR CRUISE Mörderische Engel. Schauspiel [1384]

SARTRE, JEAN-PAUL Die Fliegen / Die schmutzigen Hände – Zwei Dramen [418] **, Die Eingeschlossenen / Les Séquestrés d'Altona [551], Bei geschlossenen Türen / Tote ohne Begräbnis / Die ehrbare Dirne – Drei Dramen [788]

SIMMEL, JOHANNES MARIO Der Schulfreund – Ein Schauspiel [642]

WEISS, PETER Die Ermittlung. Oratorium in 11 Gesängen [1192]

rororo Kochbücher

DAS GROSSE KIEHNLE-KOCHBUCH Standardwerk der Kochkunst [6414–19]

MENGE, WOLFGANG Ganz einfach – chinesisch [6411]

Rowohlt Taschenbuch Verlag GmbH, Reinbek bei Hamburg

63/15

375/10

Henry Miller

Wendekreis des Krebses
Sonderausgabe. Roman. 368 Seiten. Geb.

Wendekreis des Steinbocks
Roman. 336 Seiten. Geb.

Plexus
Roman. 588 Seiten. Geb.
Taschenbuchausgabe: rororo Band 1285–88

Nexus
Roman. 424 Seiten. Geb.
Taschenbuchausgabe: rororo Band 1242/43

Sexus
Roman. 608 Seiten. Geb.

Stille Tage in Clichy
Roman. Vorwort von Toni Miller. Mit 28 Fotos von Brassaï
200 Seiten. Geb.
Preiswerte Sonderausgabe zum Film. 200 Seiten. Br.

Land der Erinnerung
rororo Band 934

Der Koloß von Maroussi / Eine Reise nach Griechenland
rororo Band 758

Big Sur und die Orangen des Hieronymus Bosch
rororo Band 849/50

Das Lächeln am Fuße der Leiter
Mit Illustrationen von Joan Miró
Erzählung. 48 Seiten mit 4 Farbtafeln, 1 doppelseitigen Farbtafel und farbigen Vorsätzen. Bibliophiler Pappband

Lachen, Liebe, Nächte
Sechs Erzählungen. rororo Band 227

Sämtliche Erzählungen
Sonderausgabe. 352 Seiten. Geb.

Henry Miller Lesebuch
Herausgegeben von Lawrence Durrell. rororo Band 1461

Briefe an Anaïs Nin
Herausgegeben und eingeleitet von Gunther Stuhlmann
448 Seiten. Geb.

Lawrence Durrell / Henry Miller: Briefe 1935–1959
Herausgegeben von Georges Wickes. 352 Seiten. Geb.

Walter Schmiele, Henry Miller
In Selbstzeugnissen und 70 Bilddokumenten. rm Band 61

Rowohlt

93/23

74.000,-
2.000,-
2.000,-
78.000,-

739/1